新木伸

ILLUSTRATION
森沢晴行

✿ CONTENTS

SHIN ARAKI PRESENTS
CLASS ROOM ✿ FOR HEROES
With The Boy Of A Former Brave

――!!」
ブレイドは破竜饕餮（ドラグイーター）を
撃ち放った――。
超螺旋がアーネストへと
突き進む。
――!?
おお――ッ!?」

Lunaria / Earnest
Buddy’s ca al clothes
Illustration by
Haruyuki Morisawa

ダッシュエックス文庫

英雄教室12

新木 伸

ER✿INDEX

EARNEST FLAMING
アーネスト・フレイミング

誰もが怖れる学園の“女帝”。実質的な学園の支配者。名家の子女で、炎の魔剣の所有者。肉体を完全に燃やし尽くし“炎の魔人”モードになると戦闘力が飛躍的に向上する。

炎の魔剣《アスモデウス》

フレイミング家に代々伝わる魔剣。アーネストを真の所有者と認めてからは何かと力を貸してくれる。ちょっとお茶目なところもある？

BLADE
ブレイド

魔王を倒し、この世に平和をもたらした“元勇者”。勇者としての特別な力を失いはしたものの、素のスペックでも一般生徒と次元が違っている。本人の夢は「一般人」となることだが、“超生物”扱いを受けてしまう。

勇者力

勇者のみが使える、あらゆる物理法則を無視する奇跡の力。魔王との決戦で力を使い果たし、現在は使えない。

Cú CHULAINN
クーフーリン

ドラゴンベビーの人化した姿。ブレイドにワンパンで倒されて、刷り込みを受ける。「親さまー」と懐きまくり。半竜モードになったり、食べ過ぎると身体が大人になったりと忙しい。

竜形態

強敵との戦闘では竜の姿になる。尻尾を「ドラゴンジャーキー」としてアーネストに食べられることも。

SOPHITIA FEMTO
ソフィティア・フェムト

実力的にはアーネストに次ぐ学園のナンバー2。無表情かつ無感動かつ無関心の、クールビューティ。その正体は、勇者を越えるべく作られた『人工勇者』。

シスターズ

“人工勇者プロジェクト”で作成されたソフィのクローン。肉体は滅びたが、その魂はソフィの心の中に宿り、共に生き続けている。

IONA
イオナ

「王立禁書図書館」を守護するガーディアンだったが、ブレイドに何度もぶっ壊されて復讐を誓い、学園にやって来た。自爆する定めをブレイドに助けられて以来、マスターと呼び懐いている。

バーサーカー

ガーディアンの中でも、マザーとの回線が切断され、自爆機構すら働かなくなった異常個体のこと。見境無く人間を襲う。

MAO／MARIA
魔王／マリア

魔王と人間の母親との間に生まれたハーフ。絶大な力を持つが、普段は下級クラスの優等生・マリアの身のうちに封印されている。魔法の実力は学園でもトップクラス。自称ブレイドの“愛人”。

魔王力

“勇者力”と対をなす力。あらゆる物理法則を無視し、奇跡を起こす。今の魔王はまだこの力は使えない。

CHARACT

CLAIRE
クレア
女の子らしく心優しい少女。固有スキル「復元」を持ち、死んでさえいなければ瀕死の重傷も元に戻すことが可能。見た目のわりに怪力で、とげとげメイスで敵を撲殺する天使。最近、巨大化する技を覚えた。

LUNARIA STEINBERG
ルナリア・シュタインベルク
アーネストの最大のライバル。氷の魔剣を使いこなす天才。天才故、何をしても簡単にできてしまい、努力型のアーネストをイラつかせる。

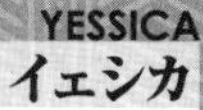

YESSICA
イェシカ
クレアの親友。褐色の肌と健康的な色気が魅力の美少女。自由奔放でいろいろフリーダム。軽快な身のこなしと〝鉄扇〟という特殊な武器を使う。じつは学園に潜入していたスパイ（諜報員）だった。正体は皆にバレてしまったが、受け入れられている。隠し事がなくなっていますごく幸せ。

氷の魔剣《ブリュンヒルデ》
《アスモデウス》と双璧をなす大陸に名高い魔剣。ルナリアは幼少のころより魔剣の正当な所有者として認められてきた。

LENOARD
レナード
上級クラスに所属する槍使い。イケメンで優雅な口調だが、好意を寄せるアーネストには振り向いてもらえず、何かと不遇な扱いを受ける。あらゆる攻撃を10秒間だけ防ぐバリアを張れるなど、戦闘能力はちゃんと高い。

SARAH
サラ
風の魔剣シルフィードの所有者。アーネストの結婚を巡るドタバタでローズウッド学園に留学することに。剣聖の弟子で天才的な剣の腕を持ち、天真爛漫な性格。

CLAY
クレイ
上級クラスの数少ない男子の一人。真面目イケメン戦士。イェシカのことが好き。得意技は破竜穿孔（ドラグスマッシュ）。魔剣《ブリファイア》の所有者となってからは、破竜饕餮（ドラグイーター）も撃てるようになった。

ELIZA MAXWELL
イライザ・マクスウェル
飛び級で学園に入っている天才科学者。古代の超科学を研究し、有用なアイテムを作り出すことができる。さらに魔法の天才でもあり、魔法戦闘だけならトップクラス。

GILGAMESH SOULMAKER
ギルガメシュ・ソウルメーカー
ブレイドを学園に連れてきた張本人。かつて八ヶ国同盟を率いて魔王軍と戦った名君。……なのだが、学長に就任して以来、「実戦的訓練」の名の下に様々な無茶ぶりを生徒達にかますトラブルメーカー。

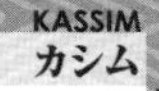

KASSIM
カシム
クレイドの親友。お調子者のアサシン。クレアのことが好きで、彼女の黒髪をよくガン見している。戦闘スタイルは、ナイフ二刀流の暗殺者スタイルで、毒をつかった武器や技が得意。

SEIREN
セイレーン
国王の側近で、国の宰相。ナイスバディな大人の女性。国王のことを“ギル”と呼ぶ。物腰は穏やか。でも怒るとすごく怖い。

DIONE
ディオーネ
セントール族の女性。勇者時代のブレイドと共に魔王軍と戦った将軍。英雄レベルの戦闘力を持つ。

第一話「オトナの時間」

○SCENE・I「経験豊富なイェシカ先輩♡」

「センパァぃ！　助けてくださぁい！」

「はいはい。なになに？」

「わたし！　カレシに飽きられちゃわないか、心配なんですー！」

「う、うん。そ、そうね……」


とある日の昼休み。

イェシカは人気のない校舎裏で、後輩女子にぐいぐいと迫られていた。

「なにかいいテクとかないですかー？　カレシが驚くようなー、そんな新鮮なカンジのー？」

イェシカを〝その道の達人〟と思いこんでいる後輩女子は、普段はかぶっている猫をすっかり下ろして、本音を炸裂させていた。

そんな、〝いいテク〟とか言われてもー……。

「む、胸で……とか？」

「いつもしてあげてますー」

後輩女子は言い切った。

清純そうで可愛い感じで、男の子とお付き合いなんてしたことありませーん、という感じの娘なのだが。

いつもですか。そうですか。

「じ、じゃあ……、コスプレ……とか？」

「こすぷれ？　なんですか？　それ？」

「コスプレとゆーのはー——」

イエシカは知識としてのコスチュームプレイを説明した。〝組織〟にいた頃の教育で、一通り、〃知識〃としてなら身につけている。

「ああっ！　それはすっごく新鮮かもです！　私が女隊長の格好になって、新兵のカレシをなじってしごいてあげるんですね！」

後半のほうは、言ってない。

なにか他のプレイも混ざっちゃっている気がする。でもまあ、だいたいその通り。

「泣かしちゃうくらい本気でやって、そのあとでラブラブ慰めックスですね！　うわぁ！　燃えそう！」

また創作部分が追加されている。

たしかこの娘に恋い焦がれていた男子が、軽く半ダースはいたような。

真実を知ったら、世をはかなんで出家して、僧侶に転向しちゃいそうな。

「ありがとうございます先輩！　じゃ私！　カレシのところにすぐ行かなきゃ！」

午後の授業はフケますか。そうですか。二人でフケるんですね。しっぽりですね。そうですね。

ダッシュで駆けてゆく足音が充分遠ざかっていってから、イェシカは溜めていた息を吐き出した。

「はぁ……」

ぽりぽりと頭を掻く。

恋愛相談だの、オトコを落とすテクニックぐらいならともかく、〝実技〟の話ともなると、正直、手に余る。

まったく勘弁してほしい。すっかり〝その道の達人〟という印象がついてしまっているのだが……。

こちとら未経験だっつーの！　〝実技〟はやったことねえっつーの！

「大変だなー」

「うわぁ！　びっくりしたぁ！」

突然、横の繁(しげ)みの中から声がして、イェシカは心底びっくりしていた。

「ブレイドくん！　いたのっ！」

「おう。いたぞ」

「ど、どこからいたの！　ど、どこから聞いてた⁉」

「ん？　〝センパァい！　助けてくださぁい！〟のところから？」

「最初からじゃない！」

「俺が昼寝してるところに、そっちが来たんだよ。――気づいてたんじゃないのか？」

「う……、ま、まぁね……」

じぇんじぇん気がついていなかった。

でも暗殺専門の諜報員(ちょうほういん)が、気配に気づきませんでした、とは言えないので、イェシカは強がりでそう言った。

「なんでこんなところで、わざわざ気配消して昼寝してるのよ」

「いやほら。仮眠取るとき。気配を消しておかないと、魔獣に襲われるだろ」

「襲われないって」

「えー？　そっかー？」


こんな街中には、魔獣はいない。でも彼の生きてきた世界は、そういうところなのだろう。

元勇者の過酷な生き様は、闇に生きるイェシカにも想像に余る。


「しかし、大変だなー」

「ははは。まー、後輩に慕われるのはー……。頼ってもらって嬉しいところもあるし？」

「そっちじゃなくて」

「ん？」

「未経験なのに相談されてるとこ」

「げっ」

イェシカの口から、乙女らしからぬ呻きが洩れた。

「……ばれてた?」

「うん」

「……いつから?」

「だいぶまえ?」

「……どうして?」


「イェシカって、ほら、俺にボディタッチしてくるときとか、おっぱい押しあててくるときとか、ちょっと体に力が入っているよな。あれって初実戦の新兵とおんなじなんだよなー。練習でどんだけ強くても、実戦が未経験だと、ああなる。それで死んじゃう」

「………」


不覚だった。

よもやターゲットにバレバレだったとは……。

自分は死んじゃうほうだったかー……。


「あのさ?　みんなって……?　……気づいてると思う?」

イェシカは、おそるおそるそう聞いてみた。

彼の秘密のときには――。彼が元勇者だということは、結構な人数に対してバレバレだった。

自分のときにも、もしや……、そんなことになっているのでは？

知らぬは自分ばかりなり、ということになっているのでは？


「さー？　誰もいないんじゃないか？」

「ほんと？　みんなにはバレてない？　誰もいない？　一人もいない？」

「あー、一人いたか」

「だ、だれっ……」


ぎゅっと心臓を摑まれる思いで、イェシカは聞いていた。

自分が〝なんちゃってビッチ〟だということがバレるのが、なぜこんなにも恥ずかしいのか。


「ヒゲはわかってるかなー」

「あ、国王陛下ね……」

イェシカはほっとした。ヒゲならいい。国王ならいい。

あの人は、なんというか、神懸(かみが)かっている相手だ。

〝あっち〟のほうも百戦錬磨(ひゃくせんれんま)だというし。処女かそうじゃないかぐらい、においでわかると言われたって驚きはしない。

そのこと以外にも、きっと、いろいろとバレている。

自分が〝組織〟の人間だということも、入学する前からバレていたようだし。

敵対組織のスパイを生徒に迎えるぐらいの度量を持つ。――それが〝覇王(はおう)〟という存在なのだ。

「ははは……」

イェシカはがっくりと地べたに座りこんで、指先を突っつき合わせていた。

でもなんで、〝処女〟ってバレると、こんなに恥ずかしいのだろう?

「……軽蔑(けいべつ)した?」

とか、ブレイドに聞いてしまっている。

なんであたし、こんな乙女みたいなこと言ってんの？

軽蔑されてたら、どうするってぇの？

お願い軽蔑しないで、とか、擦り寄って甘えんの？

「なんで軽蔑すんの？」

「だって……」

イエシカは説明しようとしたが——。

「俺だって実戦未経験だぞ？」

「……そういや、そうだっけ」

自分のことで頭が一杯だったが、そういや、そうだった。

よくカシムあたりが「超進化」とかいうワードを叫んでいる。クレイやレナードあたりは、クーちゃんのママ――竜姫に捕食されて、とっくに超進化しているようだが、カシムとブレイドは〝同志〟であり、〝こっち側〟であるそうだ。

じー、とブレイドのことを見ていたら、ブレイドのほうも、じー、とイェシカを見つめていた。

「なぁ？　……ひょっとして？」

「な、なに？」

頬を赤らめて、イェシカは返した。

「イェシカって……、未経験でいるの、いやなのか？」

「へ？」

イェシカは呆気に取られていた。

この流れで、いままで気がついていなかったのか。

どんだけ鈍いのやら。まあブレイドだし。


「えーと……、あー……、うー……」

「どうなん？」

「あう……」

「あう？」

「う、うんっ……、そ、そうみたい……」


ぺたんと地面に女の子座りして、イェシカは、そう白状した。


耳たぶが熱い。

たまんないぐらい、熱い。


「そっか。じゃあ行こっか」

ブレイドに手を取られて、立ちあがる。

やっぱり男の子だなー。手が大きいし、力も強い。――と、変なことを考えてしまっている。

「ど、どこ行くのよ？　試練場と方向違うし。てか――もうすぐ昼休み終わっちゃうけど？」

「今日の実戦訓練は、俺たち二人で自主練だ」

「……？　……うん？」

よくわからないまま、イェシカはブレイドに手を引かれて歩いていった。

○SCENE・Ⅱ「オトナのお出かけ♡」

「あっ、ブレイド君にイェシカ。……どこか行くの？」

連れだって歩いていたら、一番、見つかりたくなかった相手に見つかってしまった。

「うん。ちょっとな」

どぎまぎしているイェシカをよそに、ブレイドはあっけらかんと返事をしている。

「えっと……、それは秘密な感じのこと？」

クレアの目は、繋がれたままの二人の手に向けられている。

じっと、見てる。

めっちゃ見てる。

「うん。そ。秘密な。秘密の特訓だ」

「あっ、そうなんだ。特訓なのね」

クレアの顔から、懸念する色が消えた。

「じゃあ俺たち、午後の教練、休むからー。アーネストによろしくなー」

「はーい」

クレアと手を振って別れた。

なにか妙な方向に勘違いして、クレアは引き下がっていったけど。

イェシカのほうは、気が気ではなかった。心臓がばっくばっく高鳴っている。

あいかわらず、手は握られたまま。

その繋がり合った手と手が、じっとりと汗ばんでいる。肌と肌とが混ざりあっちゃいそう。

「あのさ？　――だからどこ行くの？」

「特訓」

「だからなんの特訓？」

ずんずん歩くブレイドを、手を引いて止めると、イェシカは聞いた。

「男子は超進化って言ってるけど。女子のほうはなんて言ってんだ？」

「へっ？」

超進化……って、アレでしょ？

男子たちが言う、童貞捨てたら世界が変わって見えるぜー！　——っていう、アレだよね？

えっえっ？　じゃあ、ブレイドの言う〝特訓〟というのは……。

もしかして……？　ひょっとして……？


「えっ？　ちょっちょ——！　ぶ、ブレイドくんっ!?　特訓って!?　超進化って!?」

「おう。ブレイドじゃねーか。——もうすぐ午後の教練、はじまるぞー？」


またも声がかかった。

こんどの声の主は、よりにもよって、いま一番、会いたくない相手だった。

いや、一番はクレアのはずだから——じゃあ二番か。

どっちでもいい。どうでもいい。とにかく困る。めっちゃ困る。


「おー、カシムー」

ブレイドは手を挙げて挨拶した。——イェシカの手を握っていない側の手で。

繋ぎあっているほうの手を、カシムは見て、すぐに視線を外した。

クレアに見つかったときにはガン見されたのに、カシムのときの反応はとっても薄かった。

「イェシカとぉ？」

「イェシカと超進化してくるー」

「なんだ。フケんのか？」

「俺、欠席なー」

じろっと、カシムが胡乱そうな目でイェシカを見る。

イェシカはきゅっと、ブレイドの手を握りしめていた。

「はっはっは、ほどほどにしとけよー」

イェシカがブレイドに対して色仕掛けをするのはしょっちゅうのことで、今日のこれも、その一環と思われているに違いない。

いつもブレイドには軽くかわされて、まるで実を結んでいないわけだが。

カシムのやつは、どうせいつものように、ブレイドに袖にされると思っているに違いない。

でも今日は、がっちりとキャプチャーされているのは自分のほうだったりする。

ずっと手を握りあっている。放してもらえない。手汗すごい。もう、ぬちゃぬちゃの、ねちょねちょ。

「干からびないようにしろよー。からっからにされちまうぞー」

「失礼な。あたしは怪物かなにかか」

だーら、処女だっつーの！　未経験者だっつーの！

「こっえー！　怪物ビッチ女が怒ったー！」

ぴゅーっと、ジュニアスクールのガキんちょが逃げてゆくみたいに、カシムは駆けていった。

ばか。ほんとばか。

カシムというやつは、ああいうやつだった。

お調子者でお気楽で、頭の中はガキのまんま。出会ったときから変わってない。いや。昔より悪くなってる。ローティーンの頃はあんなではなかった。悪ガキだったがピュアボーイだった。

スケベになってしまったぶん、悪化している。

だいたい、なんなのよ。

友人が困ってるというのにぜんぜん気付きもせず、こともあろうか怪物扱い。

ばか。死ね。もげろ。

なぜこんなにも自分が腹を立てているのか、イェシカには、わからなかった。

気がつくと、ブレイドの視線があった。

じーと、こちらを見つめてきている。

「やめとく？　……超進化？」

「えっ？　……なんで？」

ブレイドをたらしこむのは、自分の任務であり、希望でもあった。


ああうん。そう。

どこの誰とも知らない相手と寝てこいだの、つがってこいだの、無体な命令があたりまえのように下りる〝組織〟であったが、ブレイドと深い仲になれという命令は、嫌ではなかった。

相手がブレイドであることは、救いだった。

好意を持っている相手が攻略対象となってくれる確率なんて、〝組織〟の構成員としては、望外の幸運だ。


「う、うんっ。……じゃあ行きましょ♡」

イェシカは握りあった手を引っぱって、自分からリードするように校外へと向かった。

○SCENE・Ⅲ「ご休憩所にて♡」

「おー、中って、こうなってんのかー！」

ブレイドはスプリングのきいたベッドの上で、ぴょんぴょんと跳びはねていた。

『ご休憩所』と看板の出ているホテルに来た。〝ＳＴＡＹ〟と〝二時間〟という選択肢があったので、迷わず二時間のほうを選んだ。午後の教練が終わる頃までには帰らないとだし。夕飯のカツカレーを食いそびれてしまう。

中は個室になっていて、調度品は一通り揃っている。ベッドだけはやたらとデカい。寮のシングルベッドよりぜんぜん広い。

二人で並んで寝ても、超余裕なくらいだ。

寮のベッドもこのくらいあると、クーと並んで寝ても狭くなくていいのだけど。

ああ、そしたら絶対、イオナのやつまで飛びこんでくるから、だめだな。いまのままでいいな。

「へー、こんなふうになってたんだー」

「そうね」

イェシカも物珍しげに眺めている。

「このあいだは、ここ、入らなかったもんなー」

「そうね」

前にイェシカとデートしたことがある。ショッピングだとか食事だとか、あちこち回った最後に、この〝ご休憩所〟だかホテルだかに寄ろうとしたのだが、結局、入らないままで終わった。

「なんで入らなかったんだっけ?」

「アンナが横から跳び蹴りかましてきたからでしょ」

「ああ、そうだった。そうだった」

アーネストが横から凄い勢いで飛び出してきて、〝本気禁止〟だとか叫んで、二人揃って、すげぇ怒られたんだっけ。

なにが禁止なんだ？　本気ってなんのこと？

「もうっ……、なんだってアンナ……、今日は邪魔しにこないのよ。なんで部屋まで入れちゃうのよ……」

「ん？　なんか言った？」

爪を噛みながら、ぶつぶつとつぶやいているイェシカに、ブレイドは聞いた。

「ううん。なんでもない」

「そっか」

ベッドから降りて、部屋をあちこち見て回る。

風呂場の戸は素通しのガラスだった。開ける前から中が丸見えになっているのが、なんか変な感じがする。

「おー、部屋に風呂までついてんのかー。――一緒に入る?」

「え?」

○SCENE・Ⅳ「イェシカの気持ち♡」

あたしは初めて入るラブホの中を、初心者であることがバレないように、それとなく観察していた。

いやもうバレてんだけど。ブレイドくんにはバレバレなんだけど。

しかしブレイドくんったら、お子様。

ぴょんぴょん飛び跳ねていたりして、それ、トランポリンじゃないんだからね?

同じように子供っぽいことをやっていても、カシムだとガキって感じでイラつくのに、ブレイドくんだと微笑(ほほえ)ましく見ていられるのが不思議。

これがやっぱり愛しちゃっているってことなのかな。

しかしなんでか、さっきからカシムのやつの顔が、妙に頭にチラついてくるんだけど。
邪魔だから消えてくんない？

これから大事な大事な瞬間がやってくるのに。
女の子の守り通してきた——って、わけでもないけど。
好きな人に捧げる瞬間が——って、そんなご大層なものでもないんだけど。
むしろこんなビッチの、もらってくれてアリガトー、って感じなんだけど。

「おー、風呂までついてんのかー。——一緒に入る？」
「え？」

ブレイドくんに、突然、言われて——。
妙な声とともに、まじまじと見返してしまった。

「ん？」
「あっ……、ああそうよね！　お風呂だったら、いっつもテルマエで入っているわよね。皆で一緒に」

なに焦ってるんだか、あたし。

どばー、と汗が噴き出てきたけど、そんな焦ることでもなかった。

裸なら、いつでもテルマエで見せてるし、見てるんだし……。


「……見てるの？」


脱ごうとした手を止めて、ブレイドくんに聞く。

じー、と見てるのだ。この子は。


「女子が服脱ぐところ、そういや、よく見たことなかったなー、って」

「そ、そう」

「着替える部屋、あるじゃん？　あそこに入ると、いっつも叩き出されるんだよな。……なんでだろ？」

「なんでだろうね」


そこがわかんないのは、ほんと、なんでなんだろうねー、と思う。

「見てていい？」

「う……、うんまぁ」

ここはそうした部屋で、ここに来る二人は大抵は恋人同士であるのだから、脱ぐところを見ていたってべつにかまわない。……そのはず。

しかし改まって言われて、まじまじと見ていられると、こちらもすっごく意識してしまって、めっちゃ恥ずい。

パンツを脱ぎ下ろす時とか、今日どんなの穿いてたっけー、とか、クロッチのところに汚れついてないかなー、とか、色々な考えがよぎってしまう。

ほんと。乙女くさい。

しかしブレイドくんのほうは、なんの気構えもない自然体。

普通に好奇心。脱衣の様子を見て、ハァハァしていることもない。

なんかちょっと悔しさを覚えながら、イエシカはお尻を見せつけるように先に立って浴室に入っていった。

○SCENE・V「湯船にて♡」

二人で湯船に浸かる。

膝を抱えて縮こまっていても、肩が触れあってしまう感じ。

「小さいなー。ここの風呂」

「うちの学園のテルマエと比べるもんじゃないわよ」

「そうなのか」

うちの大露天風呂(テルマエ)は、果てが見えない。全校生徒が全員一斉に入っても、他の面々と出会わないぐらいの広大さだ。

「ホテルにしたら大きいほうよ。ここのお風呂」

「そうなんだ」

「きっとお風呂のなかで、あんなことやこんなことをするためなんでしょうねー」

ちら、と、バスルームの片隅に流し目を送る。

マットとローションの小瓶が置いてある。

なんに使うのかは……もちろん知っているが、ブレイドくんが聞いてこない限りは教えるつもりはない。

それで、もしも聞いてきたなら……。


実演したる!!


——と、ヤケクソぎみに意気込んでいたのだが。

ブレイドは備品にとりたてて興味を持つこともなく、そのまま風呂を上がることになった。

○SCENE・Ⅵ「いざ、その時……」

二人、風呂を上がった姿のまま。

こちらはバスタオルを体に巻いているが、ブレイドくんのほうは、すっぽんぽんのまま。

さっきは脱衣の様子をまじまじと見られてしまったが、こんどはこちらがじっくりと見る番。

「お。飲み物はっけーん」

ブレイドくんは腰に手をあててミルクをごくごくとやっている。

ぷらぷらと揺れるそこを、まじまじと見ちゃう。

テルマエでは男子たちはみんな手で隠しているので、じつはあんまりはっきりと見たことはない。臨戦態勢になっていないときの男の子のそこは、なんか、カワイイ。

「――で。〝こうび〟って、どうやんの？」

ブレイドくんが言った。どきりとした。

そうだった。

そのためにここに入ったんだった。

「え、ええと……」

経験豊富なビッチさんとしては、リードするべきなんだろう。そのための知識はたくさん備えている。

でもいざその時になってみれば、頭の中が真っ白になってしまった。

これじゃまるで初めて実戦に出た新兵だ。

自分が耳年増なだけの新兵でしかなかったことを、イェシカは痛いほど思い知っていた。

「……」

そんなイェシカのことを、ブレイドは、きょとんと見つめていた。

イェシカの〝特訓〟に付き合うつもりでここまで来たが、当のイェシカはなんだか困っている様子。

なら、トモダチとしては、手助けしてやらないと。

「えっ？　……きゃっ！」

イエシカの手を掴（つか）んで、引いた。

ベッドの上にどさりと倒れた彼女の上に、覆（おお）いかぶさってゆく。

「えっ、ちょっ――あのっ、ブレイドくんっ？」

手が胸板に押しあてられているが、押しのけようとはしていない。あんまり力は入っていない。

ノーのサインならば引くが、そうでないなら、多少無理矢理にでも進めてしまったほうがいいだろう。

巻いていたバスタオルがはだけて、イエシカの体はすっかり視界に収まっている。

風呂に入ったばかりというのに、石鹸（せっけん）のにおい以外の、なにかのにおいが立ちのぼってきて、妙な感じを覚える。

「ブレイドくんも……？　どきどきしてる……？」

下になったイェシカが、そう聞いてきた。

「うん。なんかドキドキすんな。これ」
「……勃っちしてる？」
「なにが？」

意味の分からないことを言われる。
と、イェシカの手が下に伸びてきて——。

「ん。ゲンキだ」

なにかOKをもらった。

「よかったー。これで反応なかったら、ショックだったところだしー……」

よかったらしい。

「し、しちゃうのかな……？　あたしたち……？　このまま？」
「俺、この先どうすればいいのか、ぜんぜん、知らねーんだけど？」
「えっと……、あのそれは……」

もう。ばか。カシム。早く来なさいよ。

イェシカの口から、実際には出なかった、声になりきらない言葉を、ブレイドの勇者イヤーは聞き取っていた

「カシム？」

ブレイドがそう聞き返したとき、ドンドンドン——と、壊れる勢いで部屋の入口のドアがぶっ叩かれた。

「なんだ？　誰だろ？」

「えっ？　あのちょっ――」


ささっとどいて、ドアを開けに行ってしまったブレイドを、ベッドに残されたイェシカは釈然としない気持ちで見送った。

覚悟を決めようとしていたのに！　期待する気持ちもあったのに！

体の準備も出来つつある女の子を放置で来客対応ですか、そうですか。


だけど……、えっ？

ラブホに来客？


「誰だー？」

「おま――！　てめっ！　この裏切り者ぉーっ！」

「やだ!?　カシムなのっ!?」

ブレイドくんがドアを開けるなり、飛びこんできたカシムの拳がブレイドくんの顎にヒット。


えっ？　うそっ？

なんでカシムが……？

まさかあたしを助けにきたわけ……？


えっ？　まさか!?

えっうそっ!?

じゃあカシムって……!?


「ブレイドの裏切りものーっ！　俺と一緒に純潔を守り抜くって言ったじゃんかー！」

「言ってない気がするぞ」

「尾行してみたら、ほんとにラブホに入りやがんじゃねえか！」

「ここはご休憩所で、ホテルっていうんだ」

「ちげーよ！　ラブホだよ！　それ専用だよ！」

「専用なのか」

なにか間の抜けたやりとりを二人は繰り返している。

イェシカは目をすこし潤ませながら、カシムに声を掛けた。

「あ、あのっ……カシム?」

ばさっ、と、上着が投げつけられた。

「隠せよ。見えてる」

ベッドの上で事に及ぶ直前だった自分は、すっぽんぽん。

カシムの上着を羽織(はお)って裸を隠す。上着からは男の子のにおいがした。

「あ、ありがと」

礼を言うと、カシムはぷいと顔を背けた。

照れてる?

「だいたいな。ブレイド。引っかかるのがこんなビッチってどうなんだ?」

うおい。

助けにきたんじゃないのかい。

ディスりにきたんかい。

むしろ助けたのはブレイドくんのほうかい。


「言いなりアンドロイドのイオナちゃんとか、色っぺー魔王様とか、ワガママボディのルナリアだとか、いくらでもお手つき放題のくせして！　よりにもよってこんなビッチのしょっぱい色仕掛けに引っかかるとか――ねえだろ実際⁉」

「あたしの色仕掛けのどこがしょっぱいのよ！　――てゆうか！　しょっぱいってなによ？　それどんな意味よ⁉」

「ケチくさいって意味だよ！　おまえチラリズムだのタッチだのしてくるけど！　ぜってーその先には進ませねーだろ！　処女じゃねーんだぞ！　このドケチビッチ！」

「うぐぅ」


イエシカは二重三重の意味で呻(うめ)いた。

すいません処女でした。だからその先に進むのは無理でした。

卒業して超進化しようとしたのを――あんたが邪魔したんでしょうがあぁ！

「こんのおおぉぉ――――！」

イエシカは激昂して、カシムに飛びかかっていった。

「うわっ！　ちょっ！　おま！　はだ！　はだかっ！」

「やっすい裸でコーフンしてんじゃないわよ！　こんのクソガキャァ！」

そのまま、どったんばったん、取っ組みあいのケンカとなる。

ブレイドは、なんか楽しげにケンカしている二人のことを、しばらく見ていたのだが……。

いつまでも終わんないので……。

「じゃあ俺ー、先に帰るからー。まだ午後の教練、終わってないかなー」

イエシカはブレイドが帰ったことにも気づかず、カシムの髪を摑んでマウント取ってパンチを決めて、ついでに頭突きも決めていた。

そういや、最初に出会ったときも、こいつとは、こんなふうにケンカしたっけなー。

と、イェシカは昔を思い出していた。

背伸びして〝体験〟しようとしていたときは、不安しかなかったが、カシムと殴り合い――実際にはマウントを決めてイェシカが一方的に殴っているが――は、安心しかなかった。

第二話「淑女のたしなみ」

○SCENE・I「イライザの研究室」

ある日。あるとき。

アーネストはイライザの研究室を訪れていた。

「イライザー？　入るわよー、イライザー？」

ノックをして声を掛けて、返事が返ってくるとは思っていないから、そのままドアを開けようとしたが……。

ごつ、と、ドアはなにかに引っかかって動きやしない。

だがここではそれはよくあること。

アーネストは慌てもせず、騒ぎもせず、ドアに肩をあずけて、力ずくで押し開いていった。

「もうっ、まったくこんなにちらかして……」

案の定、ガラクタがドアを塞いでいた。部屋の中にあるガラクタがドアのところまで侵食している。すぐに増殖する。

「まだ帰ってきてないわけ？　ジェームズさん？」

この研究室には、有能な助手がいる。

イライザの助手をしているジェームズは、以前、連続髪切り魔をやっていた変質者であった。

イライザと同じく〝科学〟とやらを信奉する研究者で、改心したいまでは、イライザの助手として奴隷のようにブラックに働かされている。

なんでも理想の美少女型ホムンクルスを作ってもらうためだそうだ。包帯をほどけばイケメンの顔が現れてくるそうだが、なんで普通に彼女を作らないのか、まったくわけがわからない。

年齢のほうはよくわからないけど、だいぶ年上なのは確かだし、一度戦ってボコられるくらい強かったしで、なんとなくアーネストは「さん」付けで呼んでいる。

そのジェームズがいれば、部屋がこんなに腐海化することもなかったのだが……。

「ねえー、イライザってばー？　どこにいるのー？」

普段は授業と教練だけには顔を出す彼女なのだが、なんの研究に没頭しているのか、ここ数日、授業への出席も滞りがちだった。

彼女に餌を与えて風呂に入れて、こんがらがった髪を梳かして解すのは、世話好きなクレアの役目なので、アーネストは滅多にここを訪れることはないのだが――。

連絡事項のプリントが溜まってきてしまっていた。

そのプリントを持ってきたわけだが、どこかに置いて帰っては、絶対に埋もれてしまうだろう。この腐海の栄養になるに決まっている。

だから直接、本人に手渡す必要があるのだが……。

「やだ。死んでる」

腐海の底でイライザを発見したとき、彼女はすでに事切れていた。

「……死んでませんよ。仮眠していただけです」

「生きてた。てゆうか、ベッドで眠れば？」

この研究室は、一歩も外に出ずに研究を続けられるように、あらゆる設備が整っている。

「ありますが。掘り起こすのが面倒なんですよ」

「ぜんぜんだめでしょ」

「小言(こごと)を言いにわざわざ来たのですか？　なんの用です？」

「はいこれ。連絡事項」

「ああ。そこに置いておいてください」

「それ絶対読まないフラグってやつでしょ。いま読んで。待ってるから」

「仕方ないですねぇ」

イライザはプリントを読みはじめた。アーネストはそこらの本を拾い集め、積み重ねて椅子(いす)

を作った。

しばらく監視を続け、ちゃんと読んでいることを確認したあたりで、アーネストはイライザから目を外すと、部屋の中を見回した。

すべてが散らかっているわけではなく、いま研究しているその周囲だけは片付いている。

丸い台座のうえに、甲冑のようなものが置かれている。それがいま研究中の代物のようだ。

「魔法金属？　ミスリル？　神鉄？」

どこか優美な曲線を描く甲冑は、見たこともない輝きを持っていた。見たことのあるどの金属とも違う。

「アダマンチウムですよ」

プリントに目を注ぎながら、イライザが言う。

「目標スペックから計算した強度を得るためには、ミスリルでも神鉄でも足りず、そんなレアな金属を持ち出してくる必要がありました。国王に『大戦期の動甲冑（パワードスーツ）を再現するプロジェクト』とか言ってみたら、宝物庫にあった武具の数々を惜しげもなく出しやがりまして。鋳潰し（いつぶし）て材料にさせていただきました。本当はオリハルコンを扱ってみたかったところですが、さすがにうちの王国でも、甲冑作るほどの分量はないもので、このへんで妥協（だきょう）です」

イライザはそこで言葉を止めた。

「……って、聞いてませんね？」

アーネストはまったく聞いてない。じっと見ているのは、甲冑の、とある部分。

「これ……、ハイヒールよね？」

「はい？」

イライザは聞き返す。

「足のとこ。これ、ハイヒールになってるでしょ？」

二度ほど言われて、ようやく、イライザにも意味がわかる。

「ああ……。そういえば脚部は、そんなような作りになってましたね。私がやったのは基本骨格と根幹部分の設計だけで、外装面の細部はジェームズ氏に丸投げでしたから。彼にはなんかこだわりがあるみたいですよ？　ほんとにもう、高機動で戦うための装備で踵(かかと)を高くしたいとか、まったく無駄かつ、非効率的なデザインだと思うんですけどね。『女性型パワードスーツにおけるハイヒールの有用性について』なんて熱弁を一時間も振るわれた日にゃ、もはや諦めざるを得ないといいますか。死んだ目の境地といいますか。まあこれは試験機なんで、べつに外見とかデザインとかどうでもいいので、そこは折れてやりましたが」

「これって、女性用なの？」

甲冑を見つめて、アーネストは聞いた。

甲冑の胸のあたりには優美な膨(ふく)らみがある。腰まわりも細い。

「どうも話のうちの五パーセントぐらいしか聞いてくれてないようですね。大事な部分はおよそすべて聞き落として、どうでもいい部分に反応しますか。ええ。はい。女性用です。まあ、うちの学園で強い面子は、だいたいすべて女性ですからね。テストのための着用者は女性として想定しています。はじめは手近なところで、私自身が着用してテストしようと思っていたんですがね。例によってジェームズのやつが、いらんこだわりを発揮しまして……。〝理想体型〟なんてものにしやがるので、私じゃぜんぜん着られなくなりました。……ちっ。くそくらえ」

イライザはあさっての方向に舌打ちした。

どうせ私はちんちくりんですよ。幼児体型ですよ。スタイルが良いと偉いんですか。乳だの尻だの、あんなもの飾りだってことがわからんのですか。わからんのでしょうね。まったく男どもときたら。

「………」

アーネストは、じっと甲冑を見つめている。

「テスト……、してみます？」

「………」

アーネストは、じっと甲冑を見ている。

「理想体型になってますから、たぶん、貴方(あなた)なら調整なしでぴったりのはずですよ。男どもの思うところの理想体型ですから、乳のサイズは実用域を遥(はる)かに超えてますけどね。ええですから貴方にはぴったりのはずです」

「………」

アーネストは、じっと甲冑を見つめている。その目はおもに一点に注がれている。

「聞いてます？　さらりと嫌味を言ってみたんですけど？」

「ハイヒール……」

「はい？」

「ハイヒール……、やっぱり、大人の女になるためには、履(は)きこなせなくちゃだめよね……、うん」

「そこはもう本当にどうでもいいところなのですが」

アーネストはこれまで修行一筋で、自分を厳しく律していた。お菓子だのおしゃれだの、普通の女の子なら当然通ってくる道筋を、すべて避けて通ってきた。

ブレイドが学園にきてからというもの、大きく変化が起きて、そっちの方面にもすこしずつ手を伸ばしてはいるのだが……。

綺麗なおべべを着るようになったのは、つい最近のこと。

ドレスを着たときに、靴は当然のようにハイヒールだった。歩くのに苦労して、よろよろしていた覚えがある。他の女の子たちが華麗にダンスをしている中で、無様でみっともない真似をさらしていた。

そんな様だったのに、それで戦闘だとか……。


「ハイヒールで戦闘……」

「ええ。まったくの無駄ですよね。なんで戦闘用スーツでハイヒールなんだか。理解不能です」

「できるようにならないと、大人の女じゃない……、淑女の嗜み？」

「聞いてます？　ねえ聞いてくれてます？」

アーネストは、あんまり聞いてくれていなかった。イライザは嘆息した。

「わたし、履く！　ハイヒール！　履けるようになる！」

「あー、はいはい。あんたの〝気〟の量は誰にも増して膨大ですからね。まだ燃焼効率が改善されていないこの試験機には、あんたくらいバカでかい気の持ち主が必要ですから。こちらから頼みたいぐらいですよ」

なーんか、話が通じてないなー、と思いつつ、イライザは動甲冑の着用にオーケーを出した。

○SCENE・Ⅱ「試作動甲冑実用実証試験」

「おー、すっげー」

とある日の午後の教練、試練場に来たブレイドは、そこに置かれていた〝物体〟を見て歓声をあげた。

「大戦期に勇者が着ていたという動甲冑、通称――〝勇者の鎧〟を、純粋なる科学の力のみで再現しようというプロジェクトです。ええもちろん。あのイベント大好きなどこかの覇王には、許可を貰っています。〝すべての責任は私が取る〟――の言質、頂きましたー」

「これ、オリジナルと同じスペックなん？」
「慣性制御装置も主動力も未搭載ですけどね。このあいだのハリボテと同等の性能であれば、理論上は出ているはずですよ」

イライザの言う〝このあいだのハリボテ〟というのは、しばらく前に、皆の前に〝勇者〟として現れたときに着ていた動甲冑のことだ。

「本来なら、Gキャンセラーに縮退炉を搭載しなければならないところですが、もともと壊れてましたからね」
「あー、あれかー。もともと使ってなかったからなー」

勇者業界にとって、動甲冑というものは、戦うための〝武具〟ではない。

動甲冑は――。発掘された地層の古さにもよるが、常人が着用すれば、準英雄級ないしは英雄級の戦闘力を発揮できるようになる。

逆に言えば、英雄級、あるいはそれ以上の戦闘力を持つ人間が着用しても、戦闘力は〝準英雄級ないしは英雄級〟に制限されるわけだ。

つまり動甲冑(パワードスーツ)は、周囲を壊しすぎないように、戦闘力を抑制する目的で着用するものだ。

あるいはまた、別の使用法もある。

――〝寝具〟だ。

中に入って「おーともーど」とやらにしておけば、鎧が勝手に戦ってくれる。七日七晩、ぶっ続けで戦うこととかしょっちゅうのことだが、そういうときにも動甲冑(パワードスーツ)を着ていると楽である。

〝おーともーど〟でザコを相手にしている時に、数秒から数分の単位で小刻みに睡眠を取ることができる。

そんなわけで、勇者業界において、動甲冑(パワードスーツ)とは、拘束具(こうそくぐ)あるいは寝具なわけだ。

「でもこれ男用じゃないぞ。女用じゃん」

ブレイドは口を尖らしぎみにそう言った。

自分の胸に手をあてて、山の形を作ってみせる。

「最近、オヤジ臭（くさ）くなってきましたよ。──ブレイド氏？」

「えっ？　うそ？　──やだよ？」

ブレイドは自分の肩や腕のにおいを、くんくんと嗅（か）いだ。

「ブレイドくん。オヤジ臭いっていうのは、本当のにおいのことじゃないわよー」

イェシカを先頭に、皆もやってくる。動甲冑（パワードスーツ）を眺める。

前にブレイドの使っていた三メートルサイズのものより小型だが、それでも見上げる形になる。

「本当のにおいじゃないなら、なんなんだ？　オヤジ臭いって？」

「うーん……、つまり、陛下みたいな感じ？」

「うわっ！　やだっ！　えんがちょ！」

オヤジ臭いのはやめよう。絶対やめよう。心に誓った。

だけど、いまのなにがオヤジ臭かったんだろ？

「――ところでさ？」

ブレイドはそう言って、女子たちを見る。

さっき拗ねていたのは、おっぱいのついてる女用だから、自分は着れないとわかったからだった。

「これ、誰が着るんだー？」

こんこん、と動甲冑を叩きながら、女子たちを見やる。

――と。

『……はいってます』

動甲冑(パワードスーツ)の中から、申し訳なさそうに、声が響いた。

「うわぁ！　びっくりした！」

「アーネスト氏が、すでに入ってます。てゆうか。本人の強い希望により、まだ試作段階だったんですが、実戦テストに引っぱり出されてしまったわけでして」

『だって……、これ……、ハイヒールなんだもん……』


動甲冑(パワードスーツ)は、もじもじとしている。関節の可動域が妙に広いな。この動甲冑(パワードスーツ)。

「はいひーる……？　……って、なに？」

『ばか！　お、女の子がねっ……！　おしゃれしてきたら！　ほ、褒めるもんでしょ！』

「それって、おしゃれなことなの？」

『ほら、これぇっ！』


動甲冑(パワードスーツ)は、ずいっとポーズを取った。片脚を前に出してモデル立ちをする。

「……どれ？」

ブレイドは目を凝らして、よく見た。だけど、わかんない。
女性型である点を除けば、わりとよくある動甲冑に思える。

「……わかんないよ？」
『失格！　失格！　大失格！　言われる前に気づくべきなのに、言われてもなお気がつかないなんて！　あんたなんかブレイド辞めちゃえ！』

ひどい言われようだ。ブレイドを辞めたら、なにが残るのだろう。

「ブレイドくん」
「ブレイド様」

と、イエシカとルナリアが助け船を出してくれる。

「ハイヒールっていうのはねー」
「こういう感じのものですわ」

ルナリアが氷を操って、自分の靴を凍らせる。

かかとのところから尖った針が生え出した。そのせいで十センチくらい背丈が変わる。

「あっ。武器か」

『ちっがあぁぁ——う!!』

アーネストが吠えた。

「なにが違うんだよ？　足から針が出るんだろ？　暗器だろ？　相手を飛び越しざまに、ぐさっと眉間にぶっ刺したりするんだろ？」

『戦闘から頭を離しなさい！』

「えー？」

明らかに戦闘用の動甲冑を着ていて、それでいまは午後の戦闘教練で——ほかになにを考えればいいのか。

「ブレイド様？　ほら、こういう感じに歩きますのよ」

ルナリアが言う。歩き方がいつもと違う。

膝を伸ばして、腰をくいっと高い位置に引き上げて、独特の歩法を行う。脚が本来の長さよりも長く見える。

「つま先から着地か。それは足音を立てないもしくは、気配を消すための歩き方なのか？」

「もう。ブレイド様。そこから離れましょう」

「あははは。ブレイドくんってば、すっかり戦闘脳になってるー」

笑われた。

離れるって、なにから？　どこから？　戦闘教練で戦闘のこと以外に、なにがあるんだ？

よくわからなかったブレイドだったが、とりあえず、アーネストを指差してみた。

「でもそういうふうに歩いてないぞ」

アーネストの動甲冑（パワードスーツ）は、ぎっぎっ、と、きしみ音でも鳴りそうな危なっかしい動きで、一歩一歩、地面を踏みしめていた。

「ほらー、アンナー、こうだって、こう」

イエシカがしゃなりしゃなりと、腰を揺らせて歩く。足許は氷をつけてもらって延長済みだ。はいひーる、とかいうものになっている。

ルナリアとはまた違った歩き方だが、これはこれで優雅だ。

『こ、こう?』

ぎくしゃく。ぎくしゃく。

「こうだってー」

しゃなり。しゃなり。

『こ、こう……?』

ぎくしゃく。ぎくしゃく。ばったん。

「たおれた」

足をもつれさせて、アーネストは倒れた。倒れたあと、しばらく待ってみても起きあがってこない。

しくしくしくしく、と、小さく声が聞こえてくる。

○SCENE・Ⅲ「ダンスのお相手」

みんなが誰一人近づこうとしないので、ブレイドは歩いていった。

「うまく歩けないのが、そんなにショックなのかよ？」

『あんたにはわかんないわよ。ほっといてよ』

「しょーがねえなー。もう」

『どうせわたしはしょうがないわよ。あっちいってよ』

「……ほら」

ブレイドは手を伸ばした。
アーネストは顔を上げ、差しのばされたその手を呆然と見ている。
……といっても、顔は甲冑の面のせいで見えないから、雰囲気から察することしかできないが。

『……ありがと』

アーネストはそう言うと、手を取って立ちあがった。

「手伝ってやるよ。なんかその、はいひーる？　とかいう武器を使いこなせるようになるための練習なんだろ？」
『武器じゃないけど……、う、うんっ。じゃ、じゃあ……、そっちの手も……』
「こうか？」

アーネストと二人、向かい合って、手を握りあう。

『じゃ、じゃあ……、動くけど。……ちゃんと支えていなさいよ？』

アーネストはそう言うと、ステップを踏みはじめた。

ダンスでもするような動きがはじまった。

「……？」

ブレイドは、なんだろう？　いつ攻撃してくるんだろう？　とか思いつつ、アーネストの動きに合わせていた。

そうしたら……。

――ズガッ！

ハイヒールの細い先端が、ブレイドの足の甲を狙って繰り出されてきた。

まともに受ければ足に穴が開くような鋭い一撃だ。

『ごめん、バランス崩しちゃった』

「いいって、いいって」

ブレイドは軽く言った。

そして三ステップほど後に、フェイントを入れてみてから、自分も同じような鋭さでアーネストの足の甲を踏み抜きにいった。


『うぎゃっ』


アーネストが悲鳴をあげる。

「甲冑(かっちゅう)着てんだから、痛くないだろ」

『痛い。痛いわよ。——なんで踏まれたくらいで痛いの⁉ 甲冑着てんのに⁉』

「打撃だけじゃなくて、浸透勁(しんとうけい)も打ちこんでるからなー。かんせいせいぎょ？ とかゆーのがついてないと、防げないよなー」

『また知らない技使った！』

アーネストの手が、ぐいっとブレイドの体を引き寄せる。動甲冑（パワードスーツ）のパワーでやられれば、いかなブレイドでも抗（あらが）いきれない。

足が一瞬浮いて、空中にある体に対して、膝が打ちこまれる。

「ぐほっ」

両手を捕らえられた上での、動甲冑（パワードスーツ）のフルパワーによる膝蹴（ひざげ）りだ。

両手を摑（つか）まれた状態で、衝撃は逃がしようもなく、さすがのブレイドも声が出た。

「あれダンスしてんの？　それとも殺し合いしてんの？」

「さ、さあ……？」

ブレイドとアーネストを見ている周囲では、そんな声があがっていた。

イエシカが聞いて、ルナリアが答えている。

「お姉さん！　わたしたちもダンスの練習しませんか！」

「サラちゃんには、あれがダンスに見えるのねー」

イェシカはサラの手を取ると、ダンスをはじめた。こちらは普通にダンスである。

女の子同士だと、なんでか自分が男子役でリードするはめになるなぁ、とか思いつつ、イェシカはサラをリードした。

○SCENE・Ⅳ「死闘」

『くのっ、このっ、くのっ』

「あっははは、二度と食らうかー」

ブレイドたちのほうは、両手を握って封じ合ったままのデスマッチを続けていた。

繰り出される膝と頭突きを、ブレイドはひょいひょいと軟体動物のように避けまくる。

『キモチ悪い！』

「ひどいなぁ。すこし傷ついたぞ」

蹴りの一発をわざと受けて、その衝撃で後ろに飛ばされつつ、距離を取る。

ようやくエンジンがかかってきたのか、アーネストはブレイドの支えなしでも、バランスを保って立つようになっていた。

うん。やっぱ実戦向きだよな。アーネストって。

練習ではさっぱりでも、実戦であれば、アーネストは瞬時に上達する。

そういう狙いで、ブレイドはアーネストのことを煽っていたのだった。

『手伝ってくれるなら真面目に手伝いなさいよ！』

「真面目だぞ？」

なにをやっているのかは、わかっている。

バランスが取りにくく、扱いの難しそうな〝かかと武器〟を、使いこなせるようになるための特訓だ。

『最初は優しいとか思ったけど！　ブレイドぜんぜん優しくない！』

うん。特訓のためなら鬼にもなろう。優しく手取り足取りすると伸びるような子（サラとか）もいれば、鬼となって極限まで追いこむことで壁を超えて変身するアーネストみたいなタイプもある。

相手によって方法を変えるのは当然のことだろう。

というわけで、ブレイドは心を鬼にして――。

「やーい！　追いついてみろー！　のろまー！　ぐずー！」

『なんだとう！』

やっすい子供レベルの挑発なのに、アーネストはすぐに乗ってきた。

『ブッコロス！』

どす、どす、と、ヒールを床石に突き刺しながら進んでくる。

だがそれだと単なる力業（ちからわざ）。使いこなしているうちには入らない。

もっともっと。アーネストのスペックを引き出すために、ブレイドは高速移動を開始した。

『待ちなさいよ！　すこしは蹴られなさいよ！』

「さっきいっぱい蹴ったろー？」

『まだ二回しか蹴ってないわよ！』

追いかけっこをして、試練場を所狭しと駆け回る。

やっぱりアーネストは実戦派だ。実戦の中でなら、もう歩法を身につけつつある。

あのかかとの高い、〝はいひーる〟とかいう靴で全力疾走とか。どうやっているんだろ？

それにしても、尖った先端を突き刺す類の凶器でないのなら、あれはいったい、どんな種類の武器なのだろう。

さっき組み合っていた時に、足の甲に突き刺してこられたときは、ちょっとビビった。いつもなら受けているところを、つい本気で避けてしまっていた。

もし食らっていたら、かなり痛かったに違いない。

『あっ、なんだかちょっと、わかってきたかもっ!?』

走るブレイドに、アーネストが併走してくる。

その習得速度に、戦慄を覚える。

ヘタに頭を使って考えずに、考えないで〝気合い〟でやっているときのほうが、アーネストは高いスペックを発揮する。

〝カタツムリ〟に追い立てられる天オルナリアの気持ちが、ちょっとだけわかった気がした。

『コツは――気合いだったのね!?』

それ、コツいわないから。

ブレイドは全力疾走に移りつつ、剣を振った。

どうせ無駄だが、破竜穿孔(ドラグスマッシュ)の、二、三発を、牽制(けんせい)として撃ちこんだ。

『ちょっ――ちょ!? なんで攻撃してくんのよ!?』

「なんでって？」

これは戦闘教練だろう？

『もー！　ブレイド！　なんで攻撃すんの！』

続けて撃ちこんだ破竜穿孔(ドラグスマッシュ)の数発を、片手の掌(てのひら)だけで撃ち落として、アーネストが騒いでいる。

『そんなダンスの振り付けなんて、ない！』

だからなんでダンス？

『まじめにやんなさいよ！』

真面目だが？

数発程度ではまったく無駄のようなので、今度は足を止めて、一息で十数発を撃ちこんでみた。

それもアーネストは、体をまったく動かすことなく、片手のみで処理をした。
最後の一発など、いったん背を向けたあとに、回し蹴りでもって打ち返してきた。

『もう！　なんなのさっきから！　ふざけてんの!?　本気でやんなさいよ！』

びしりと指差されて、アーネストにそう怒られた。

手抜きはしてないんだけどなー。
手加減なら、してるけど。

でも、たしかにアーネストの言うとおりかもしれない。
もともと準英雄級に近いアーネストが、さらに動甲冑（パワードスーツ）まで着ているのだ。
こんな程度では訓練にならない。
もうちょっとだけ〝本気〟を出さないと、動甲冑（パワードスーツ）の着用者向けの訓練にはならないだろう。

「よし」

ブレイドは、腰を落とした。大地に根を張るように足を踏ん張る。

『あっ、わかってくれたのね？　じゃ、じゃあ……、そ、そのっ……。ダンスの、つづきを……』

呼吸を通常のものから、気を練るときのものに変えた。

こー、ほー、と、吸って吐くごとに、ぎゅるぎゅると体の内側で右螺旋が渦巻く。

さらに同時に左螺旋も練りはじめ、闘気となす。

『えっ？　ちょ……、ちょっ!?　なんで！　気なんて練ってんのよ!?』

アーネストはまだ攻撃してこない。よって、まだまだ気を練ることができる。

ブレイドはどんどん気を練っていった。

実戦ではゆっくり気なんて練っていたら、当然のように妨害を受けるが、アーネストはキーキー喚（わめ）いているばかりで、なぜか妨害をしてこない。

よって、これまでにないくらい、気を溜めることができた。

「よしっ」

ブレイドは構えに入った。

『ちょ――!?　ちょっ!?　その構え!?　まさか――!?』

うん。まさかでもなんでもなくて、破竜饕餮（ドラグイーター）。

それも、気を完全に溜め込んだ、実戦ではまずありえない満額完全バージョン。

魔法でいえばフル詠唱（えいしょう）したようなもの。

「ド、ラ、グ……」

『ちょ!?　ちょぉ――!?　ちょぉおおお――ッ!?』

「イーター――――!!」

ちょおちょお、うるさいアーネストに向けて、ブレイドは破竜饕餮（ドラグイーター）をぶっ放した。

右螺旋と左螺旋が混じり合い、超絶的な破壊力をもって、アーネストへと突き進む。

『ちょおおお――――ッ!!』

アーネストの叫びは超螺旋に呑（の）みこまれた。

一秒、二秒、三秒……。破竜饕餮（ドラグイーター）の暴風は続く。

大渦の中にいるアーネストは、ぼんやりとした立ち姿が見えているだけ。その立ち姿も、時間の経過とともに少しずつ、末端からほどけるようにして小さくなってゆく。

「ブレイドくん!!　ストップ！　ストーップ！」

「ブレイド君だめえ！　アンナが死んじゃう！」

イエシカとクレアの二人から、羽交（はが）い締（じ）めにされる。

「うわちょっとあぶないって！」

元勇者でなかったら、暴走して、三人共々、爆発しているところ。

破竜饕餮の放出中。

試練場の床には、大きな溝が穿たれていた。

その溝は延々と続いていた。試練場の外壁に大穴を穿って、青い空に向けて、どこまでもまっすぐに伸びていた。

「あー、持たなかったかー」

試練場には、防御結界が張られている。幾度もの改修を受けて、最初の頃よりもかなり強化されているが、それでも、フルスペック完全バージョンの破竜饕餮には持たなかったようだ。

「持たなかった。――じゃないでしょーがっ!!」

イェシカのゲンコツが振ってきた。

「アンナが……、アンナがいなくなっちゃったよう……」

クレアがぺたんと地べたに座りこんでいる。

「いるじゃん。そこに」

ブレイドは剣の先で、近くの地面を示した。

土砂が固まってできた小山が、そこにあった。

「……ぶはぁっ!!」

突如、土砂が爆発するように噴き飛び、そこに半裸の少女の姿が現れた。

「アンナ！」

「生きてた!!　アンナ生きてた!!」

イエシカとクレアが、感極まって二人で抱き合っている。

そんな大騒ぎする理由が、ブレイドには、いまいちわかんない。

殺してないし。いまのアーネストの能力、プラス、動甲冑(パワードスーツ)の防御力——でもって、ぎりぎり耐えられると判断して、破竜饕餮(ドラグイーター)完全版を撃ちこんだわけなのだし。


しかし凄(すご)いな。アーネストのやつ。

フルスペックの破竜饕餮(ドラグイーター)をまともに正面から食らって、死んでない。生きてる。

これだと一撃で仕留めるためには、破竜系でも三の太刀(たち)が必要になる。


破竜系の剣技は、竜種(ドラゴン)を倒すための技である。

二の太刀で若いドラゴンを滅殺(めっさつ)。三の太刀で成竜を滅殺。

その二の太刀に耐えたということは、いまのアーネストの実力は、成竜に匹敵するということだ。

ただし、鎧込(よろい)みであるが。

「おー、すごい、すごい」

ブレイドは、ぱちぱちと拍手した。

心の底から本当に褒め称えた。

――だが。

「ブレイドくん！　正座！」

「えっ？」

「ブレイド君！　ほんとうにいまのはないと思います！」

「ええーっ？」

イェシカとクレアの二人から、ダメ出しされた。

なあみんなどうなん？　――と、首を回して後ろを向けば、他の皆の顔も、似たような感じになっていた。

「ブレイド。おまえ、容赦がないのな」

「やっべー！　おっぱいやっべー！」

「マイロード……。ご無事で……」
「マスターはもうすこし空気を読まれたほうがよろしいかと思います」
「お兄さん、いまのはひどいです」
「親さま……？　我もすこし引いたのじゃー」
「人にしておくのは、ほんに惜しいな。ブレイド、おまえ、魔獣にならんか？」
「いいデータが取れました！　まったく凄い！　まさかこんな数値が――!?」

各人各様。だが一部を除くと、だいたい非難している側っぽい……？

「ブレイド……、いま幸せ？」

最後にソフィが聞いてくる。あんまり幸せじゃない。

「わ、わるかったよ……？」

皆の視線の圧力に負けて、ブレイドはアーネストのもとに歩いてゆくと、手を差し伸べた。

アーネストは半裸のままでうずくまっている。

動甲冑（パワードスーツ）はほとんど砕（くだ）け散ってしまっている。いくらかのパーツが、肌にまとわりついているばかりだ。

「な、なぁ……？」

アーネストはうずくまったままで、ブレイドが呼びかけても顔を上げない。

「わ、わるかったってば……？」

なにが悪かったのか、いまだにわかっていないブレイドであったが、とりあえずそう言っておいた。

こーゆーの？　しょせいじゅつ？　……とかいう技だときーた。

「ヒールが……」

「ん？」

「ハイヒールが……」

「ん？」

うつむいたアーネストの顔から、ぽろぽろと大粒の水玉が地面に落ちる。

ぽつぽつと、丸い染みの数が増えてゆく。

「えっ？　えっ？　えっ？」

ブレイドは慌てた。なんで泣く!?

修行つけたの、そんなに嫌だった？

でもこれまでアーネストは泣きごとを言ったことなんて、ほとんどなくて――。

「やーい！　泣かした！　泣っかーした！」

カシムが指を向けて、そう糾弾(きゅうだん)してくる。

「ちが――！　ちがう！　俺！　なかしてない！　やってない！　やってないも！」

ブレイドはうろたえた。

カシムに対して後じさろうとして、足をもつれさせて、倒れてしまう。

倒れ込んだ先は、アーネストの上だった。


「ご、ごめ——！」

「びえええええ——っ！」


アーネストが泣いた。ガン泣きだ。

「せっかくのハイヒールがあぁ——！　壊れちゃったあぁぁ！」


アーネストの言うとおり、確かに足部分のパーツがすっかりバラバラで、金属片でさえ残っていない。

ガン泣きを続けるアーネストが、抱きかかえたブレイドのことを、ぽかぽかとぶってくる。

小さな握りこぶしは、まったくと言っていいほど痛くない。

ぽかぽかと殴(なぐ)られ続けながら、ブレイドは思った。

そっちかい。

第三話「プリティー・ブリファイア」

○SCENE・Ⅰ「ブリファイアの姿」

『精霊体？』

「そ。ブリちゃんはなれないの？」

いつもの昼食タイム。いつもの食堂のお気に入りのテーブル。

サラはテーブルの上に置かれた剣と話しながら、おいしいお昼ごはんをパクパクと食べていた。

『わかんない。やったことない』

「えー？　なんでー？」

サラは聞いた。

精霊体とは、剣に宿る存在を実体化させたものだ。

いま現在、ローズウッド学園には四本の魔剣がある。

王家に捧げる四本の剣と称される魔剣のうち、《アスモデウス》と《ブリュンヒルデ》と《シルフィード》の三本――。

そして新たに生まれた魔剣である《ブリファイア》である。

魔剣《シルフィード》の所有者であるサラは、剣の中身が外に出てくるところを、しょっちゅう目にしている。

《シルフィード》の場合は、美しい女性の姿だ。

本来、魔剣は精霊体を出さないものだが、サラにとっては出してくるほうがあたりまえ。そうした感覚。

なので《ブリファイア》の姿にも興味があった。

いつも一緒に遊んではいるが、その精霊体は、まだ一度も見ていないことに気がついてしまったのだ。

「ブリちゃん、絶対、美人だと思うよー」

『興味ないわ』

「ないの？」

『そ。性能に影響する機能美ならともかく、人間の造形になんか、興味ないもん。どーだっていい』


と、《ブリファイア》が、そう言ったとき――。

「おー？　だけどブリファイアちゃん、面食いじゃんかー？　クレイを選んだのだって、理由はカオだろー？　オレが落とされたのだってカオだもんなー」

隣のテーブルから、カシムが茶化してきた。


「カシムさん。ハウス」

「ハウスいわれたーっ！」

「あと女の子同士の話に聞き耳立てないでください」

「聞いちゃだめいわれたーっ！」

「ふざけないでください」

サラの声と表情が、ともに冷えてゆく。

ローズウッド学園に来た当初は、どうしてカシムさんだけ皆から冷たくされているのだろうと思っていたものだが、最近は、その理由がわかってきた。

「もっとなじってくれーっ！　ロリ少女になじられるのは、たまらんッ！　ご褒美プリーズううっ！」

「……」

も一、なにも言わない。なにを言っても、ごほうび、になってしまうっぽい。

《カオはいいほうがいいよ。あたりまえだよ》

《ブリファイア》が言う。

「そこだよ。そこ。顔と性能、関係ないよね？」

『……あれ？』

サラが突っこむと、《ブリファイア》も自身の矛盾に気がついたようだ。

「ブリちゃんがクレイさんのカオがいいと嬉しいならさ、クレイさんのほうだって、ブリちゃんが美人さんだと嬉しいんじゃないかな？」

『……そうなの？』

「美少女大歓迎ッ！」

「カシムさんにはきーてません」

テーブルの上の《ブリファイア》を摑んで一振り。

首を狙った鋭すぎる一閃を、カシムはぎりぎりでかわした。

だが本当にぎりぎりだったので、頭頂部の髪の毛が、すっぱりと断ち切られてしまう。

「オレの――毛ぇぇぇぇ！」

空中に漂っていた髪を、はっしと摑み、カシムが悲痛な叫びをあげる。だがいくら頭に載せようとしても、切れた毛は決して戻らない。


「ハゲだ」

「ハゲね」

「ハゲたわ」

「ハゲカシム～」


隣のテーブルで見ていたブレイドたちが、カシムを指差して、口々に言った。

「クレア！　直して！　戻して！　復元して！」

「いまのはカシムが悪いよ。罰として放課後まで、そのまんまでいてね」

「一週間くらいそのままでいいわよ」

「いいえ。何ヶ月かそのままでいるべきですわ」

女帝(エンプレス)二人が一切の同情を示さずに言う。

「生えるじゃん！　何ヶ月もあったら元に戻ってるじゃん！」

皆のいつものやりとりに、サラは、ふふふっと軽く笑ってから、話題の渦中にいる人物に顔を向ける。

「——クレイさんは、どうなんです？」

「いやあ……」

クレイは頰を指でかきつつ、困り顔を浮かべている。

『クレイ？　どうなの？』

「ううっ……」

《ブリファイア》は軽い調子で尋ねるが、クレイはまるで浮気を尋問されたような顔になる。

「こいつ。爽やかなフリしているけどな。意外とゲスいやつですぜ？　旦那がた？」

「聞いてませんし。わたしたち旦那ではないですし」

「マザーちゃんも幼いけど、あれでかなりの美人だしなー。膝の上にだっこしてるとき、こいつ、澄ました顔をしてやがるけどッ！　ちっちゃなお尻の感触に全集中してたりしてーっ！

くっはぁーっ!!」

「もっと刈ってもいいですか？」

サラは言うが早いか、すぱっすぱっと《ブリファイア》を振るった。

「おおおお――ッ！　ノオオオオ――ッ！」

頭頂部だけでなく、両サイドと後ろ側まで毛が薄くなる。

「ハゲだ」

「丸ハゲね」

「罰だよ。カシム」

「あんた一生そのままでいなさいよ。妙に気取ったロン毛もどきより、よっぽど似合っているわよ。大道芸人みたいで。そうね。鼻赤くしてピエロみたいにすれば、もっと似合うかも？」

「ぐはっ……」

アーネストの真顔のコメントが、カシムにとどめを刺す。

親友が死んだその隣で、クレイは深く考えこんでいた。

時間をかけて選び抜いた言葉を、ようやく口に出す。

「本当のことを言うと、ごめん……。正直、《ブリファイア》のことを女の子って考えたことがなくて……。剣だし」

『あたしは貴方(あなた)の剣！』

《ブリファイア》は嬉しげに叫ぶ。

「ブリちゃんほら。それだと最初に戻っちゃったよ」

『そうだった！　――だからクレイ、どっちがいいの？　あたしが、ビジン……？　とかいうのだと、嬉しいの？　そうなの？』

「いやまあ、その……」

クレイの目が皆の間をさまよう。

ニヤニヤとした笑いしか返ってこないことを知って、仕方なく、観念した顔で言う。

「……そうだけど」

『わかった！　じゃあたし！　精霊体――やる！　ビジンとかゆーのに――なる！』

《ブリファイア》の修行は、こうしてはじまった。

○SCENE・Ⅱ「ブリファイアの修行」

『む～……、む～……、むむ～っ……』

「ブリちゃん唸（うな）っていても変身できないと思うよ」

壁に立てかけられた《ブリファイア》が唸り声をあげている。

サラは言ってから、同じように壁に並ぶ二本の剣に顔を向けた。

「お父さんとお母さんは、どうやって精霊体を出しているんですか？」

『お、お父さん……』

『お、お母さん……』

二本の剣から声があがる。以前は魔人化しなければ会話できなかったが、いつのまにか普通に話せるようになっている。《ブリファイア》や《シルフィード》が喋りまくっているので、いまさらであるが。


『わったしはねーっ!』

「シルフには聞いてないよ」

『サラちゃんが冷たい!』

「シルフの場合、自由すぎて、はみ出してきているだけだもん。参考にならないよ」

『あははは! そうだねーっ!』

《シルフィード》の場合、剣から抜け出した精霊体が、そこらをフラフラとさまよい歩いていたりする。剣の中身が空だったので、このあいだも探したら、食堂でパフェなど食べていた。


「だけど考えてみれば、すごい光景よね……」

部屋の主であるアーネストがそう言う。

サラは学生寮にあるアーネストとルナリアの部屋にお邪魔していた。

「そうですわね。四本もの魔剣が一堂に会すなんて……」

ルナリアはティーポットに伸びてきたアーネストの手を、ぱしりとはたき落とした。早く早くと急かすアーネストを無視して、じっくりと蒸らす。

うん。紅茶は蒸らすのが大事。三分間が大事。

「これであと地の魔剣がありましたら、勢揃いですわね。世界に現存するインテリジェンスソードのすべてが……」

「これ、あんまり知的って感じがしないんだけどね」

『これとはなにか?』

《アスモデウス》が文句を言う。

「じゃあお父さん」

『お、お父さん……』

だがお父さん呼ばわりをすれば静かになった。アーネストはくすくすと笑う。

「ていうか、なれます？　……精霊体？」

サラが聞く。

「そういえば見たことないわね。契約のときに姿は見たけれど」
『もちろん出せるぞ』
『わたくしも出来ますとも』

お父さんとお母さん——二本の剣から、すうっと半透明の存在が抜け出してくる。

「あらカッコいい」

アーネストの感心した声が向けられたのは、自分の愛剣ではなく、《ブリュンヒルデ》のほう。

流麗な甲冑を着たスマートな女性が、《ブリュンヒルデ》の精霊体の姿であった。

兜で口許だけしか見えないが、相当の美人だとわかる。

凛々しい感じがカッコいいと思った。

『なっ――!?　我よりもか!?　我よりも格好よいというのか!?』

「うざい」

アーネストはそっけなく言う。長年付きあってきて、この魔剣の性格がだんだんわかってきた。荒々しくてマッチョな風を装ってはいるが、実際の中身は、小心者でみみっちかったりする。

「あら、これはこれは……、なかなか逞しくて……」

《アスモデウス》の精霊体を、ルナリアがまじまじと見つめている。そういや、マッチョ大好きだったっけ。この女。

『わ――！　私の優美さが好ましいと、前にそう言ってくれたではありませんか！』

《ブリュンヒルデ》のほうもジェラシーの叫びをあげている。

魔剣というのは、どうして、こう――所有者に執着するのか。

「ねえルネ？　ちょっと剣を交換する？」

「あら？　いいですわね？」

『いやああ――っ！』

『ノオオオオ――ッ！』

ルナリアと二人で、ぺろりと舌を出す。もちろん冗談だ。

『パパママ。うるさいよ』

部屋の隅で、むーむーと唸っていた《ブリファイア》が、ぼそりと言う。

『す、すまぬ』

『ご、ごめんなさい』

「なにかコツとかないの？　私らが魔人に変身するとき……みたいな感じとか？」

『さぁ？　我は気づいたら出せるようになっていたが……？』

『わたくしは、存在したときからこの姿でしたね』

『パパママ。役立たず』

『ぐおっ……』

『うぐっ……』


深いダメージを食らって沈黙する魔剣を眺めながら、アーネストはお菓子を口に運んだ。

「やっぱ、自分の姿をイメージするのが大事なんじゃないの？」

むーむー唸ってる《ブリファイア》にアドバイスをする。

『そうなの？』

「うちのほう、マッチョを気取りたいから、あんなムキムキの見せかけなわけでしょ」

『気取り……』

《アスモデウス》がなんか言っている。

「どういう姿を見せたいのか……っていうか、どう思われたいのか、ってほうよね」

『わたし！　強い剣！　スゴい剣！　クレイにそう思われたい！』

「はいはい。貴方（あなた）はいつもそうよね。ブレないわよね。でもまだちょっと寸が足らないし。ちがう路線で攻めていっても、いいんじゃない？」

《ブリファイア》は、まだまだ成長中。生まれたときのナイフサイズから、ショートソードサイズを経て、いまではロングソードといえるぐらいの大きさに育ってきている。

だがまだちょっと寸足らず。カワイイ感じがする。

「そうですわね。ライバルのマザー……さんは、あれ絶対、カワイイ路線を狙ってやっていますわよね」

『カワイイ……、それ、どういう強さ？』

「サラちゃんみたいな感じよ」

「わたし、かわいいんですか？」

『サラは強いよ？』

「じゃあ、クーちゃんとか、アインとツヴァイとか。あとは、ええっと……、イライザなんかも、カワイイって思うときあるわねぇ」

唇に指先を当てながら、アーネストは考える。

カワイイって、自分にはまるで縁のない属性だなぁ、と、詮ないことを考えてしまう。

もしもブレイドに「カワイイ」と言われたら……。

あっ、だめだ。

ムカっときている自分しかいない。「カワイイ」よりも「カッコいい」とか「頼りになる」と言われたほうが、どうも自分は嬉しいっぽい。

仰ぎ見て憧れるよりも、守ってもらうよりも、隣に並び立ちたいんだなぁと、アーネストは自覚した。

アイスコーヒーのグラスを引き寄せて、ストローでぐるぐると無闇やたらにかき混ぜる。

「ルネ。——パス。わたし、カワイイは専門外みたい」

「わたくしだって困りますわよ。美しいと雅の担当ですので」

「自分で言うかね」

「まあ一言で言うなら、カワイイというのは、保護欲をそそる感じ……ということですわね」

『それちょっとわかる！　クレイ！　頼りないところある！　わたし！　クレイを守らなきゃ！　って思うときある！』

「クレイだって、きっと同じように思っているわよ」

『……えっ？』


《ブリファイア》が言葉を詰まらせる。

あら？　これ、けっこう脈があるんじゃないの？

アーネストはそう思った。

○SCENE・Ⅲ「決意のとき」

『ねえ、クレイはどういう姿がいいの？』

「どうって……？　べつにどんな姿でもかまわないよ」


学園内にある池の畔(ほとり)で、《ブリファイア》はクレイと話しこんでいた。

クレイの手にある剣が、水面に映っている。


その姿を見ながら、《ブリファイア》は、剣でない自分を想像する。


『まえに、〝ビジン〟っていうのが、いいって言ったくせに』

「それはみんなに無理矢理言わされたというか……」

『〝おっぱい〟は、どっちなの？　大きいほうがいいの、ちいさいほうがいいの？』

「ど……、どこで覚えてくるんだよ。そんな言葉……」

『カシム』

「忘れなさい」


水面に映る剣の姿を見つめながら、《ブリファイア》は考える。

ツノは、あったほうがいいかなぁ。強そうだし。

ああでも、強すぎると守ってもらえないのか。

じゃあ、背は……ちっちゃい？

マッチョでなくて、カラダは細い？

髪の毛は、ふわふわ？

〝おっぱい〟……っていうのは、大きいのが強い？　ちいさいとカワイイ？


風が……、吹く。

《ブリファイア》は、クレイに言った。

『ねえクレイ……、ちょっと目をつぶって』

「え？　なんで？」

『いいから』

「う、うん……」

クレイが目を閉じる。

そして風が、もういちど吹いた。

『いいよ。クレイ。目を開けて』

「うん?」

クレイは目を開けて――それから驚いた顔で、まばたきを繰り返した。
手にした剣に重なるようにして、半透明の少女の姿が浮かんでいる。

『はじめまして』

少女は手を背中の後ろに回して、はにかむように、そう言った。

第四話「魔法少女隊」

○SCENE・I「いつも仲良し五人組」

いつもの食堂。いつもの昼休み。

いつものテーブルで、ブレイドたちは、いつものように賑やかな昼食を摂っている。

そのテーブルから、すこしばかり離れて——。

下級生たちのゾーンの一角に、五人の少女たちの占めるテーブルがあった。

「はぁー……っ！　お姉様の食べっぷり！　いつもながら、すごいねーっ！　わたしももっと食べたほうがいいのかなぁ？」

「あれは人の真似するものではないと思いますわよ」

元気印の赤毛の少女の言葉に、別の少女が、目を伏せぎみにして答える。

「下品。がさつ。女帝（エンプレス）は品がない」

黒髪ボブの少女が、ぽそりと言う。

眼鏡（めがね）の奥の目は、食事中も手放さない本に向けられたまま。

「品があるといえばレナード先輩だね。ボクもあの人みたいになりたいなぁ」

一人称が〝ボク〟の少女は、スカートも穿（は）いていて、れっきとした少女である。だが、その雰囲気（ふんいき）と立ち居振る舞いの凜々（りり）しさから、一部の女子から男子扱いされている。

自分たちの食事をしながらも、彼女たちの関心は、上級生たちのテーブルに向けられていた。

ブレイドたち上級生側に、気づいている者はほとんどいないが――。

下級生たちにとっては、上級生は常に関心の的（まと）である。

いつも見ている。いつも話題にのぼらせている。そしていつも感嘆（かんたん）して、同時にため息もついている。

「ブレイド様は、今日もカツカレーですね。あんなにおいしそうに……」

グループの最後の一人が、ため息をついた。

彼女の名前はアルティア。〝魔法少女隊〟のリーダーである。

ちょっと恥ずかしいかなー？　と思わなくもない名前であるが、以前、ソフィの姉妹（シスターズ）たちを迎撃する作戦において、女帝（エンプレス）が名付けたコードネームが、そのまま定着してしまったのだった。

彼女たちは下級クラスのなかでも、頭一つ抜けた実力を持っていた。

ローズウッド学園が〝武〟に偏重（へんちょう）しているせいで、いまひとつ評価が低いのであるが、その魔法の腕は、教師たちも認める確かなものであった。

「なぜブレイド様は、いつもカツカレーなんでしょう？」

「そういうアルだって、カツカレーじゃないさ」

「ですわね」

「同意」

「あははは」

「こ、これは……」

皆の指摘を受けて、アルティアは赤くなった。

彼女の〝主食〟のカツカレーは、ブレイドを真似したものだった。

「けどやっぱり……、お姉様は、いいなぁ」

うっとりと、そうつぶやいたのは、赤毛の元気っ子——ミリアムである。

彼女の推しは女帝(エンプレス)。ド根性が身上(しんじょう)の彼女には、気合いの入ったアーネストがまぶしく映るらしい。

「おなじ女帝(エンプレス)でも、わたくしはルナリアさまのほうを推しますわ。なんてエレガントなのでしょう」

目を閉じてそう言うのは、シモーヌだ。彼女はいつもミステリアスに目を閉じている。その目が開いたところを見た者は、あまりいない。

「エレガントさなら、レナード先輩がいちばんに決まってる」

ボクっ娘のレヴィアが反論する。

「ええ。わたくしも昔はそう思っていた頃もありましたけど。最近はなんといいますか、使い走り臭がすごいといいますか」

「なにおう?」

レヴィアが剣の柄に手を掛ける。シモーヌが杖に手を伸ばす。

この二人、わりと武闘派だ。シモーヌのほうは、聖女然とした見た目のわりに、中身はかなりの腹黒だったりもする。

「もう二人とも、やめなってー」

ミリアムが二人を止めにかかるが――。

「いちばんカッコいいのは、お姉様に決まってるしぃー」

——燃料を注いだ。

「ちょ、ちょっと。やめなさいって！　こんな場所で！」

リーダーとして、アルティアは三人を止めようとした。
しかしリーダー、とはいっても、彼女の場合、ほかに適任者（常識人ともいう）がいなかった
というだけの、なんちゃってリーダーでしかなく——。
したがって、あまり止められる自信はなく——。

たすけてー。
我関せず、と、超然と本を読んでいるカレンに視線で助けを求めた。
知性派の彼女の発言は重く、チームの参謀役でもある。

「くだらない」

本を閉じて、黒髪ボブのクールな彼女――カレンは、そう言った。

「いちばん知的なのは、イライザ女史に決まっている」

だめだったー！

彼女の推しを、はじめて聞かされたー！

てゆうか。まさかのイライザ推しだったー！

「なんてマイナーな」

思わず出てしまったつぶやきに、四人が、ぎろりと目を向けてくる。

シモーヌでさえ、薄目を開いている。滅多に見れないその目がコワい。

「言われたくない。超生物推しのほうが、もっと、どマイナー」

「その点、ルナリアさまは大人気です」

「男子からだけじゃないか。女子からは全然だよね。腹黒女子って嫌われる典型だよ」

「そこがよいのではありませんか」

「お姉様。あっ。またおかわりしたっ」

まったくもう、収拾がつかないったら、ありゃしない。

「超生物の人って、強いって聞くんだけど。なんか地味なんだよね」

「レナードさんは、やたらに華だけはありますわね」

「やるの?」

「だから、やめなさいって」

アルティアはため息をついた。午後の教練は実技だから、そのとき決着でも雌雄でも、なんでも好きなように付けてほしい。

「超生物のあの方ですが。ルナリアさまから慕われていることが、いまひとつ理解できなくて……」

「じ……、地味だっていいじゃない!」

「カツカレーばっか食べてるし」

「か、カツカレーは関係ないでしょ！」

槍玉にあげられて、アルティアは反論をする。

「どこがよいのです？」
「どこがいいのさ？」
「好きなところ、どこー？」
「いえべつに好きというわけでは……。ただ尊敬しているというか、リスペクトしているというか」

右と左の人差し指どうしを、くっつけたり離したりしながら、アルティアは言った。

「白状なさいな」
「自分だけ秘密主義ってのはないと思うよ」
「言っちゃえー」

これまで皆に言ったことはなかったが——。

アルティアは、〝きっかけ〟を、皆に話すことにした。


「お、お姫様抱っこ……、してくれた……、からっ……」

「は？」

「お姫様抱っこ？　なにそれ？」

「いつ？　いつー？」


アルティアは黒髪メガネのカレンを見た。


「ほ、ほらっ！　カレンだってされたでしょ！　されたよね？　お姫様抱っこ！」

「えーっ！　カレンもーっ！」

「二人とも、そんなに進んで……」

「いつのまに……」


カレンは眼鏡(めがね)をくいっと持ちあげると、答えた。

「助けられたのは確か。でもお姫様抱っこというのは貴女(あなた)の都合の良い記憶改竄(かいざん)。私たちは小脇に抱えて運ばれただけ。あたかも荷物のように。ちなみに私が左脇。貴女が右脇」

「ああ。あれねー」

「ソフィさんの姉妹（シスターズ）が、襲ってこられたときのことですわね」

「死にかけた時のことじゃないか。そんなロマンチックなものと違うよ」

ミリアムとシモーヌとレヴィアの三人は、期待しちゃった分、がっかりとつぶやいた。

しかしアルティアの妄想は止まらない。

「ブレイド様は、私を優しく抱きかかえると、安心させるように笑いかけて、『だいじょうぶだよ』と——」

「言ってない。マイクロブラックホールに呑（の）みこまれかけていて、そんな時間的余裕は存在していない」

「私は顔を赤らめて、彼の腕の中で縮こまっているのが精一杯で——」

「そのときの私たちは、顔面に岩の直撃を受けて、鼻血を流していた。かなり大量に。ありていに言って、かなり酷（ひど）い顔。女子として」

カレンが〝現実〟を告げる。

「うわぁ、女の子的に……、ないわー」

「ひどい絵面ですわね」

「脳内の……、記憶改竄？　すごい性能だね」

「あはははは。背景とか、ぜんぶお花になってるかもー」

そのあたりで、現実に返ってきたアルティアは、じろりと皆に目を向けた。

「みんなだって、推しの先輩の話をするときは、目がイッちゃっているじゃない」

「えー？　そんなことないよー？」

「ありませんわ」

「ないない！　ないって！」

「有り得ない。理性的に好ましいと思っているのだから、当然、理性的な目になっているはず」

アルティアは、鼻で笑った。

「ふっ。見えてないのは自分ばかり」

挑発するように、髪をかき上げてポーズを取る。


「えーっ？　そ、そっかなー？」

「な⁉　ないですわよ！　絶対にっ‼」

「ええっ⁉　そ、そうなのかもっ……」

「……可能性は、……あるかも」


気まずくなって、皆で黙りこむ。

食事も進まなくなった。

アルティアも、よく考えてみれば、人を笑っている場合ではない。

「ま……、まあ、それはそれとして……。みんなは、誰が一番だと思う？」

しばらく黙々と食事を進めたあとで、アルティアは気を取り直したように、口を開いた。

「やっぱり、一番カッコいいのは、ブレイド様よね」

「一番はお姉様に決まってるしー」

「ルナリアさまですわ」

「やるの？」

「戦争も辞さない」


あっ……。しまったー。

「誰が一番か？」は禁句であったと、アルティアは、そのあと激しく後悔することになったのだった。

○SCENE・II「上級生たち」

いつもの食堂。いつもの昼休み。

いつものテーブルで、ブレイドたちは、いつものように賑やかな昼食を摂っていた。

アーネストは、ふと、皆に言った。

「このあいだ食堂で取っ組み合いのケンカやってた下級生の子たち、いたわよねー」

「そだっけ？」

「あんたはカツカレー食べるのに必死で気づいてなかったわよね」

「ひ、必死じゃねえし！　週に五日しか食ってねえし！」

「なに必死になって言いわけしてるんだか」

「言いわけなんて、してねえし」

「あれ、すごかったわよねー。取っ組みあいで、大ゲンカ」

「きけよ」

「取っ組みあいの大ゲンカなら、アンナとルネも、よくやってるけどねー」


イエシカが言う。


「きいてよ」

「最近はやってませんわよ？　……ねえ、アンナ？」

「先週やったばかりでしょ。なんだっけ？　〝こんな技も使えませんの？　この山猿が。ほーっほっほ！〞――だったっけ？」

「そ、そんな嫌味な感じに言ってませんわよ」

「ああ。あんたの中じゃそうなんだ」

「けどまあ、凄かったわよねー。あっちのケンカも、ちょっと女子がするような顔と姿じゃなかったわよねー」

「も？〝も〟ってなによ？〝も〟って？」

「そうでしたねー」

「ちょ――クレアまで！」

「ねえきいてってば」


ブレイドのつぶやきは、誰も聞いていない。

アーネストは自分の顔を手でぐにゃぐにゃと揉みこむのに忙しい。ルナリアも自分の顔を手でさすっている。


「……だけど。なんであんなケンカなんてしてたの？　あの子たちって、たしか、いつも仲良かったわよね？」

アーネストは、いくつか離れたテーブルに目をやりながら、そう言った。

いつも仲良く食事をしていた面々の姿は、そこにない。一人、リーダーのアルティアという娘だけが、広いテーブルを一人で占領して、黙々とまずそうにフォークを動かしているだけだ。

「それはですね――」

イライザがトレイを手にやってきて、自分のために空けられている席に座る。

「あら珍しい。あなたがごはん食べに来るなんて」

「データが取れるまで時間が空きましたので。ジェームズに任せてきました」

研究に没頭するあまり、食事の時間さえ節約するのが、研究者という人種である。

「あの五人、下級クラスでは有名ですよ」

「へー」

「〝魔法少女隊〟――と、そんな二つ名もついてるぐらいです」

「へぇ、そうなんだ」

本気で感心しているアーネストの反応に、イライザは思った。

この様子では、きっと、あのことも知らないんでしょうねぇ。

彼女たちが憧れているのが、自分たちであることだとか。

なぜ憧れられているのかとか。ソフィのシスターズが襲来してきた折、一緒に戦って、その姿を間近で見たことが、きっかけになっているのだとか。

イライザは、そういうことをあまりミーハーにペラペラと話すタイプではなかったが――。

あまりにも不憫だろうと思い、すこしだけ情報をリークすることにした。

「彼女たちのケンカの理由は、貴方がたなんですよ」

「ええっ？　――わたしたち？」

「そうです」

自分の顔を指差しているアーネストに、イライザは、深くうなずいた。

ああ。不憫だ。

「なんでケンカしてんの？」

「〝誰が一番か？〟って話題は、禁句だったってことです」

「なにそれ？」

「五人、それぞれに〝推し〟があるようでしてね」

「ふんふん」

「その信仰度合いが、原理主義に匹敵するといえばわかりますか？」

「わかんないんだけど」

「つまりファンの心理です。〝狂信的な〟という修飾語がつきますが」

「ファン？　誰が？　誰の？」


そこまでか。そこから説明が必要なのか。


見れば、アーネストだけでなく他の面々も、わからないという顔をしている。

イエシカあたりの常識派は、イライザの苦労を察してくれているようだが——。


「そういえば、貴方がたって、天上天下唯我独尊（てんじょうてんげゆいがどくそん）——的な感じでしたっけ。この言葉には、我々はみな貴（とうと）いという意味もあるそうですが、いま言っているのは、〝宇宙で唯一人我だけが貴い〟というほうの意味ですが」

「なにそれ？　ひょっとして馬鹿にしてる？」

「誰かに心酔したことなんてないんでしょうね。という話です」

「あ、あるわよっ。そのくらいっ」

「それは誰ですか？」

「こ、国王陛下とか」

「ヒゲだのオヤジだの言ってませんか？」

「い、言ってないわよ！　……言ってないわよね？」

視線を向けられたので、ブレイドは、ゆっくりと首を横に振る。

最近言ってる。よく言ってる。

「じ、じゃあ！　ゆ、勇者様……とかっ？」

なぜそこでこちらを見る？　と思いながらも、ブレイドは、また首を横に振ってみせた。

「ちょ――!?　なにそれ！　どういう意味よ!?　いいでしょ！　勇者様なんだから！　すこしぐらい憧れたって！　そういうのとああいうのは違う意味なんだから！」

なにが〝そういうの〟で、なにが〝ああいうの〟だか、よくしらんが――。

なんかヤだ。なんか〝NO〟だ。

「そ、そういや――アッシュ陛下もっ、カッコよかったわよねーっ。上品っていうか、大人の男性っていうかー」

ブレイドは無視した。

しらん。その件はすでに片付いている。

「お姉さん。それはもう終わった話だと思います」

年下のサラにまでぴしりとやられ、アーネストはうなだれると、おとなしくなった。

「話を魔法少女隊に戻しますが」

イライザは、言った。

「元は仲が良かった五人なんですけどね。口論から摑み合いの大ゲンカに発展して、いまは絶賛、絶交中である模様です」

「〝絶交〟はいけないな。うん。よくない」

ブレイドは深々とうなずいた。

「俺。知ってる。〝絶交〟ってのは、トモダチやめるってことだ」

それは重大なことだった。トモダチを失うということは、人生の八割くらいが損なわれてしまうということだ。ちなみに残り二割は、当然ながら、カツカレーである。

「そこまではないと思いますけど……。でもまあ、わかんないですよね。このままこじれたまま、疎遠になってしまうなんていう可能性も……」

「ほっときなさいよ。ケンカなんて、どうせ明日になったら、ケロっと忘れてるわよ。――ねえ？　ルネ？」

「なぜそこでわたくしに振るんですの？　わたくしは帳面にも書いて絶対に忘れたりしません

けど、ええ、まあ――どこかのお猿さんは、しっかり忘れていらっしゃるようですけども」

「なにそれこわい」

「なんですと」

二人が椅子から立ちあがる。

いつものことなので、誰も止めようとしなければ、目さえ向けようとしない。

「一日で仲直りしている誰かさんたちなら、うっちゃっておくところなんですけど……。もう数日にもなるんですよね」

イライザは、ため息をついた。

「本当にこのままケンカ別れなんですかね？　私には判断つかない事項ですね。……トモダチがいたことなんてありませんので」

イライザはそんなことを言っている。

ブレイドはすかさず、ずいっと上体を前に出し、自分の顔をしきりに指差した。

俺。トモダチ。俺俺俺。トモダチっ。

「わ、わかってますよ！」

イライザはなぜか顔を赤くさせて、強い声で言うのだった。

○SCENE・Ⅲ「アーネストの親切心」

あっ。あの子。話にのぼってた〝魔法少女隊〟の子じゃない——？

とある放課後。

アーネストは、学園の敷地の片隅で一人の女子生徒を見かけた。

木の下で一心に剣を振っている女子生徒は、五人のうちの一人。ボーイッシュな彼女は、たしか——レヴィアとかいった。

このあいだの話もあって、アーネストは自主練中の彼女に声を掛けた。

「熱心ね」

レヴィアは剣を振り続ける。

あれれ？　聞こえていなかったのかな？

そう思い、もういちど声を掛ける。

「あなた、なかなかいい筋をしているわ」

最近は権威が失墜（しっつい）ぎみとはいえ、一応は学園の女帝（エンプレス）である。すべての生徒は自分に敬意を向けていると――アーネストはそう思っている。

軽く褒めてあげて、それから友達同士のケンカに対して、ちょっと忠告だとか、助言だとか、そんな感じのアドバイスをしてあげれば、相手はすぐに反省の意を示して、魔法少女隊は仲直り。

問題解決。

学園の問題をスマートに解決する女帝(エンプレス)カッコイー。

……くらいのことを考えていたわけであるが。

「話しかけないでもらえますか。練習中ですので」

あれあれっ?

――返ってきたのは、異様に冷たい拒絶。

「あ、あのね。わ、わたしが誰か――」

背中を向けたままの相手に、アーネストは、そう言いかけた。

きっと気づいていないから、こんなつっけんどんな対応で――。

「――存じてます。アーネスト様ですよね」

「〝様〟はやめてくれると、う、嬉しいかな～って……」

なんでこんな敵意向けられてんの？　針のむしろ状態なのっ？

当初の予定とまるで違って、敬意のかわりに敵意に近いものを向けられて、アーネストはたじろいでいた。

「正直に言いますと、アーネスト先輩のこと、私、あまり好きじゃないんですよ」

ボーイッシュ少女は、きりっとした顔で、はっきりとそう口にした。

「えっ？　えっ？　……ま、まあ、好き嫌いは人それぞれだし。き、嫌いな人がいるのは、し、しょうがないいんじゃないかな～……。あはははは～……」

ショックを隠すことができず、アーネストは乾いた笑い声をあげた。

取り付く島もないようだ。アーネストはそのまま立ち去ることにした。

レヴィアも練習に戻ったが、二、三度、剣を振った後で、アーネストの背中に顔を向ける。

「理由は聞かないんですか？」

「えっ？　あっ？　じ、じゃあ……、なんで？」

聞いてみた。

なんでこんな嫌われてんの？　ルナリアだったらともかく、愛され上官の自分が？

「レナード先輩の扱いが酷いからです」

「……は？」

予想もしない返事が返ってきた。

レナード、いま関係ないじゃん。

「酷いって……、べつに、普通だと思うけど？」

別段、酷い扱いをした覚えはない。

普通に扱っているつもりだし……？　そのはずだし……？

「そういうところです」

それ以上、話すことはないといった風に、ボーイッシュ少女は剣を振りはじめる。

アーネストは退散することにした。

なんか釈然としない気持ちだった。

よくわかんなかったが……。まあともかく、レナードがぜんぶ悪い。

そう考えることにした。

○SCENE・Ⅳ「ルナリアの親切心」

あら？　あの娘――。

一人でベンチに座る少女を見て、ルナリアは、ふと思い出した。

このまえ話題にあがっていた少女たちの一人だ。

名はたしか――、ミリアム。

いつも元気に杖を振り回している女の子だということは覚えているが、その他のことは、よく知らない。

ただ、このあいだの話だと――。

「あなたたち。ケンカしているのですって?」

「ルナリアさんには関係ないじゃないですか」

そういえば、ない。

なぜ声を掛けたのか、自分でも不思議だった。他人には割と無関心だという自覚はある。

たぶんきっと。アーネストなら声を掛けるんじゃないだろうか。そんな気がしたからだと思う。

「たしかに関係ありませんわね。でも可愛い後輩たちが不仲になっていれば心配しますわよ。

ケンカはよろしくありませんわ」

口にした言い分は一般論的な話でしかなく、どうにも切れ味がよくない。

慣れないお節介をしたことに、ルナリアは早くも後悔をしはじめていた。

「そういうルナリアさんだって、いつもケンカしてるじゃないですか。しょっちゅうじゃないですか」

「あれはカタツムリが突っかかってくるから、仕方なく——」

「カタツムリ？」

ミリアムの目つきが変わる。なんか怖くなる。

「ルナリアさんって、お姉様のこと、よく馬鹿にしていますよね」

「お姉様？」

思わず聞き返してしまう。だがミリアムはそれには答えずに、据わった目で話を続ける。

「ほかにも猿だとか、なんだとか」

「それはライバル的な感じといいますか。好敵手への気安さといいますか」

「馬鹿にしすぎだと思います」

「あっ。はい」

えーっ？　えーっ？　ええーっ？
ルナリアはこんらんしていた。
なぜ自分が責められているのか。

やっぱり相談に乗ろうなんてしなければよかった。
慣れないことはするもんじゃない。

「じゃあ。あの。その。……失礼しますわ」

ルナリアは半ベソになって、その場をあとにした。

○SCENE・V「ベソかき二名」

「なんでお二人がベソをかいているんですか」

翌日の昼食時――。

栄養補給に食堂に出てきたイライザは、ベソをかいているアーネストとルナリアの二名を発見した。

「それがね――」

「聞いてくださいまし――」

かくかくしかじか。

二人の説明を聞いたイライザは、ため息で答えた。

「なんだって相性最悪の相手に、ちょっかいかけにいきますかね？　それはM的な趣味なんですか？　それともなにかの罰ゲームですか？」

「ひどい……」

「……ですわ」

アーネストとルナリアは、息を合わせて抗議した。

「ルナリア氏が声をかけたミリアムさんは、女帝推しなんですよ」

「え？　わたしっ？　――推しってなに？　どんな意味っ？」

「目線を合わせたらわかると思うんですけどねえ。熱っぽく見つめられたりしていませんか？」

「えっ？　えっ？　えっ？　えっ？」

「あっ……！　あれって――!?　そういう意味だったのぉーっ!?」


アーネストは、ぽっと頬を染める。ようやく理解に至った顔だ。


「お姉様っていわれるの……、あれ……、敬愛の意味だと思ってた……」

「なんか……、わたくし……、色々と叱られましたわ……」

「いつも隣にポジション占めていますからね。ルナリア氏は。それへの嫉妬もあるんじゃないんですか？」

「嫉妬だなんて！　――そんな！」


そこでルナリアとアーネストは、一瞬、目を見合わせて――。

「そういう関係じゃ――ありませんわっ！」

「そ──そうよ！」

「ほら、そういうところですよ。そこで一拍あけたりするからですよ。ていうか……、なんですか？　ほんとですか？　ガチなんですか？」

「そ、そんなことありませんわっ！」

「そ、そうよ！　これは絶対！　友愛とかっ！　ライバルに対する敬意だとか！　そっち方面のそういう気持ちであって！　好きっていったって種類が違って──！」

アーネストの叫びに、ルナリアが、はっとした顔を向ける。

「す、すき？　……友愛？　それと……、敬意？」

「ち──ちが！」

上気した顔を向けてくる相棒に、わたわたと手を振って、アーネストは否定しようとした。

その手を、はっしと摑まれる。

「アンナ……、アーネスト──よろしくってよ？」

「なにがいいんだーっ！　このすっとこどっこーい！」

グーパンチが炸裂する。

「ブレイド！　見てないで助けなさいよ！　カノ——んんんっ!!　とにかく！　わたしのピンチ！　わたしがピンチなの！」
「ピンチなのか？」

長いこと会話に置いてけぼりをくらっていたブレイドは、カツカレーのお替わりの皿を、隣のイオナに差し出しながら、のんびりと聞いた。

「わたくし感動しましたわ！　てっきり嫌われていると思ってましたわ！　ああっ！　アンナ！　アンナぁっ！」
「きらい！　キライ！　あんたなんか！　だいっきらい！」

抱きついてこようとするルナリアの顔を、アーネストは手のひらで押しのけている。
ただ押しのけるというよりも、きっちりと掌底をクリーンヒットさせているが、ルナリアは鼻血をにじませながらも堪えている。

「まー、つまり、こんな感じなわけですよ。ここまでとは言いませんが、わりとこれに近い感じですね」

イライザは誰にともなく、その場にいる他の面々に向かって、そう説明する。

クレア。イェシカ。マリア。クレイ。カシム。レナード。——あたりが、深々とうなずく。

ソフィはいつものように無表情。

クーはブレイドの膝の上で、カレーを食べては、ぽっぽっと火を噴いている。

「さて。問題です」

イライザが、言った。

「——その敬愛だか友愛だか性愛だかを向けている相手と、普段からいがみ合っている憎い相手が話しかけてきたら、普通、どーゆー反応をしますでしょーかー？」

「俺！　わかる！」

「はい。ブレイド氏」

「あっちいけ！」

「はい。正解」

「よっしゃぁあぁ！　正解もらえたあぁぁ!!　どうだーっ！　俺の普通力っ!!」

「はいマスター。カツカレー大盛りです」

「ん。うまうま」


カツカレーのおかわりが届いたので、ブレイドはおとなしく、ぱくぱくと食べはじめた。

なんだっけ？　いまなんで騒いでいたんだっけ？

ま。いっかー。


「ル、ルネの失敗はそれでわかったけど……。わたしの場合は、なんでレヴィアちゃんに嫌われちゃってるわけ？　彼女も、その……？　ルネおし？　……とかなの？」

「レヴィアさんの場合には、レナード氏推しなんですよ」

「だれそれ？」

アーネストは首を傾げる。

「ま、マイロード……」

同じテーブルにいたレナードが、がっくりと椅子から転げ落ちている。それこそもう物理的に。


「じょ、冗談、冗談だってば。レナード！　そんなに本気で落ちこむことないでしょ！」

「あれは絶対素でしたね」

「前々から思っていたのですけど。なぜアンナは彼にあれほど冷たいんですの？　せっかくのイケメンですのに」

「実力の伴っていない無駄なイケメンに、ムカつくこともあるんじゃないんですか？　うちのジェームズ氏もそうなんですけど」

「ああそうですわね。たしかに筋肉が少々足りていませんわね」

「筋肉はどうでもいいんですけど」


ルナリアとイライザが、こそこそと内緒話をしている。

「れ、レナード、おし？　――とかいうのだったら、どうだっていうのよ？　それ、わたしにつらくあたる理由になるの？」

「あれ、素なんですかね？」

「素だと思いますわよ」

「残酷(ざんこく)ですね」

「残酷ですわね」

「レナード氏のＨＰは、もうゼロですね」

「あれ、いま慰めてあげたら、わたくしのものになるかしら？」

「だからビッチだと言われるんですよ。ビッチ女帝(エンプレス)氏」

「なにかわたしの悪口いってる？　どうせなら小声じゃなくて、はっきり聞こえるように言いなさいよ」


　アーネストが、ぶすっとした顔で言う。

「レナード氏に、いつもひどいので、そのしっぺ返しがきてるんだっていう話をしていたんですよ」

「いつひどいことしたっていうのよ?」

アーネストは驚いた顔をした。その顔をレナードに向け、念を押すように訊ねる。

「ねえ、レナード? わたしなにか、貴方にひどいことした?」

「いや。なにも……。マイロード、君はいつも素――」

「――ほぅら。なにもないじゃない」

ここで褒め言葉が出るのは、さすがレナードだが――。その言葉も最後まで言わせてもらえない。

「素だ……」

「素ですわ……」

尊敬でも呆れでもなく、畏怖さえこめて、イライザとルナリアはつぶやいた。

「……で? レナードのことなんか、もういいでしょ?」

アーネストが言う。

レナードが、がっくしとうなだれる。

その背中をクレアあたりがさすってあげている。

「結局、どうすればいいわけ？」

アーネストは指先をほっぺたにあてて、考える。

「わたしのことを、……おし？　の子に、わたしが話しにいったとしたって、たぶん、だめなのよね？」

「話は聞くでしょうけど、それだけでしょうね。のぼせちゃって、あとでなにも覚えていないと思いますよ」

イライザはうなずいた。

「それぞれの、おし？　の人が行っても、それはおなじなんでしょうね」

「誰がなぜ推しなのかわからない程度の理解度では、まあ無駄な努力になるでしょうね」

イライザは請け負う。てゆうか。そもそもアーネストは〝推し〟が理解できていないっぽい。


「なーなー」

ブレイドは手を挙げつつ、発言を求めた。

アーネストは、ついっと視線を皆に巡らせてから――。


「はい。レナード」

「えっ？　マイロード……？」

「レナード、手ぇあげてねーじゃん」

ぶすっとした顔で、ブレイドは言う。

「俺、アイデアあるんだけど？」

「ブレイドのアイデアなんか、どうせ聞くだけ無駄よ。レナードのほうが、まだましだわ」

おおう。

レナードの扱いのどこが「酷(ひど)い」のか、ブレイドにはわかってしまった。

おたがい、頑張ろうな。……な？

「じゃあ聞くだけ聞いてあげるから、話しなさいよ。どうせ無駄だろうけど」

「こーゆーときはさー」

ブレイドは、自分の人生経験にもとづくプランを、皆に語った。

○SCENE・VI「交流試合」

日を変えて、また次の日――。

「こ、光栄ですっ！　じ――直々に試合を組んで頂けるなんて！」

リーダーであるアルティアという少女を先頭に、五人の少女が並んでいる。

午後の教練は〝特別授業〟として、正規のカリキュラムは、ぽーんと、どこかにうっちゃっておいた。

教官は涙目だが、久々の女帝(エンプレス)の強権発動である。

そしてはじまった、下級生組と上級生組の対抗試合。

これは——、ブレイドの発案だ。

これまでの勇者人生において、話しあいで決着がつかなかった場合——多くは決着がつかないのだが——「拳で決着をつける」というのが、ありふれた方法だった。

英雄業界の脳筋軍団とか。魔界の魔獣たちとか。

みんな、話なんて通じない。そもそも言葉自体が通じない者も多い。

よって、殴(なぐ)りあってわかりあうのが「普通」だった。

……という話をしたのだが。

はじめは、「馬ッ鹿じゃないの？」という目で見られた。

しかし検討を重ねるうちに、「意外といいんじゃない？」という話になってきて、最終的には、ブレイドの案が採用されることになった。


「わたしの相手は……、ミリアムちゃんね」

魔女帽の女の子にアーネストは声を掛ける。

「よっ……、よろしくおねがいしましゅ！」

噛んだ。

ずびっと頭を下げる。コンクリのブロックでも割れそうな勢いだ。

「わたくしの出番があってよかったですわー。てっきり誰からも推してもらえないのかと……」

「私、荒事は苦手なんですけどね」

「僕のお相手は君でいいのかな？　凜々しい剣士君」

交流試合に誰が出るのかという話も、自動的に片がついた。

アーネスト×ミリアム。
ルナリア×シモーヌ。
イライザ×カレン。
レナード×レヴィア。

……こんな組み合わせとなっている。

対戦する相手は、下級生の彼女たち、それぞれの〝推し〟だった。
べつに深く考えて決まったことではなく、「おし？　とかゆーのと戦えたほうが、向こうだって嬉しいんじゃない？」という軽い言葉からだった。

「あれっ？　俺の相手は？」

たしか自分も呼ばれていたはず。

自分のことを、おし？　とかゆーのにしてるのは……、えーと……、誰だったっけ？

「あ、あのっ！　ブレイド様っ！」

魔術杖をぎゅーと抱きしめて立っている女の子が、ブレイドの相手であった。

「ああ。アルティアだったな」

「――!!」

名前を呼んだら、なんか、超絶驚いた顔をされた。

「私の名前！　覚えていてくださったんですね！」

驚くとこ、そこ？

クーに教わって、学園の生徒の名前は全員覚えた。

以前から、剣や魔法の実力については熟知していたが、名前のほうと紐付いていなかった。そこを直した。

「今日は本当にありがとうございます！　私たちみたいな下っ端のぺーぺー相手に、学園のビッグ12（トゥエルブ）がお時間を割いて下さるなんて！」

「トゥエルブ？」

「しかも私が教われるのは、12（トゥエルブ）をさらに超えた超生物様だなんて！」

「超生物やめて」

〝様〟呼びもできたらやめてほしいが、これはルナリアがいつも言ってるしなぁ。

「ああウソみたい！　ブレイド様とお話ししてる！」

感激されまくって、なんだか話が進まない。

「ブレイド様がいま私を見てる！　私だけを見てる！　夢でも妄想でもない！　きゃー！　きゃー！　私もう死んでもいい！」

いや死んじゃだめだろ。

「なんか、ケンカしてるんだって？」

稽古をはじめるまえに、ブレイドは話をすることにした。

今回の件は、彼女たちのケンカが原因だったわけで——。

「みんな、ひどいんです。ブレイド様をばかにするんです。昼行灯とか本当に強いのかわかんないとか、アーネスト様の腰巾着だとか、ひどいことばかり」

「昼行灯って、なに？」

「ぼんやりしてることです」

「腰巾着って、なに？」

「いつも一緒にくっついていることです」

なるほど。全部、言われる通りで事実だなぁ。

強いかどうかに関しては、全盛期の——いま何パーセントだったっけ？　まあ全盛期と比べものにならないぐらい下がったいまは、世界最強かどうかは、わかんないしなぁ。

なので、ブレイドは言った。


「べつにいいんじゃないの？」

「カツカレーばかり食べてるのは変だ、なんてことも言うんですよ」

「なんだって！」


ブレイドは激昂した。


「いいじゃないか！　カツカレー美味いだろ！」

「そうです！　おいしいです！」

「だいたいそんなに食べてないぞ！　週に五日、二一食のうちの一五食しか食べてない！」

「ですよね！　正確にはブレイド様は一八食食べてますけど、誤差ですよね誤差！」


アルティアと二人で意気投合してしまう。

実力は知っていたが、性格までは知らなかった。

いい子だった。

カツカレーが好きなやつに、悪いやつはいない。

「じゃ。稽古はじめるか」

ブレイドたちが話しこんでいる間に、周囲ではもう〝試合〟がはじまっている。

「ぎゃー」とか「ひゃー！」とか「ひえー！」とか、そんな阿鼻叫喚の様子が伝わってくる。

ひどいスパルタだ。

ブレイドは、そんなひどいしごきをするつもりはなかった。

可愛い後輩である。

優しく教えてあげるつもりで――。

「ブレイド様」

杖を抱きしめて、夢見る乙女のような顔で、アルティアは言った。

「ちがいます。これは稽古じゃなくて〝試合〟です。だから遠慮（えんりょ）なく、情け容赦（ようしゃ）もなく、ぶちのめしちゃってください」

「えっ？」

「なるべくきつくお願いします。すくなくとも鼻血が出るくらいに」

「えっ？」

「鼻血が出ないとだめです」

「そこ絶対なの？」

「絶対です」


絶対なのかー。

とほほー。


ブレイドはアルティアと対戦をはじめた。

○SCENE・Ⅶ「ブレイドvsアルティア」

「ま……、まいり……ました」

地面に這いつくばった状態で、アルティアはそう言った。
正直、よく頑張った。魔法だけでくるかと思いきや、体術も杖術も使ってきた。
手加減はもちろん大いにやっている。ぴったり鼻血で止まるようにしている。

「じゃ、俺、他の組、止めてくるわー」
「は、はい……」

そう言うと、アルティアは、ぱたりと力尽きた。
ちょうど限界に達したのだ。

相手の限界ぴったりに加減するのは、これで意外とコツがいる。ブレイドは人に教えることが多いので出来るわけだが、他の面々に期待するものでもないだろう。

他の組が気になる。

まず、アーネストのところに行ってみることにした。

○SCENE・Ⅷ「アーネストvsミランダ」

「立ちあがりなさい。貴女(あなた)の限界はその程度？　さあ、限界くらい、いま超えてみせなさい」

「超えさせるな」

たしっと、アーネストのおでこにチョップを入れる。

「痛ったぁ〜〜い！」

岩を砕(くだ)くぐらいの力を込めたチョップだが、それでもこのレベルには〝痛い〟で済む。

「これ試合だろ。相手立てなくなってるだろ。もう決着ついてるだろ。いたぶっているんじゃない」

「いたぶってなんていないわ！　これは稽古よ！　訓練よ！」

「おまえの基準でやったら、死人が出んの」

倒れ伏していた赤毛の少女――ミランダが、泥だらけの片手だけ動かして、なにかを言わんとしていた。

「お……、お姉…様……、あ、ありがとうございま……」

言葉の途中で力尽きる。

「ほら死んだ」

「いやーっ！　死なないでミランダちゃん!?」

じつは死んでない。気絶しただけ。だがアーネストにはいい薬だろう。

次の組に向かう。

○SCENE・Ⅸ「ルナリアVSシモーヌ」

「もっとシャープに。もっとコンパクトに。もっと微細に。——そしてもっとエレガントに！」

「は、はいっ！」

こっちもこっちで、無理無茶無謀をやっていた。

ルナリアのところだが、お互いに目を閉じたままで戦っている。

シモーヌという少女は、もともと開いているのか開いていないのかわからないぐらいの目の開けかただったが、いまはもう完全に目を閉ざしている。

視覚を捨てて、それ以外の感覚だけで戦っているのだ。

ルナリアはともかく、下級生のシモーヌのほうは剣先を浴びて傷だらけ。

それでも紙一重で避けられるようになりつつあるのか、一閃のたびに飛ぶ血飛沫は少ない。

「ほらほらほら！　もっと優雅に舞いなさい！　綺麗な肌が傷だらけになってしまいますわ

よ！　――って!?　痛ぁぁ～～い！　ですわーっ!!」

ルナリアの脳天に、ごちんと、ゲンコツを落とした。

気配という気配を消し、視覚を断って鋭敏になっていたはずのルナリアの感覚もすり抜けて、認識外からの強烈なゲンコツをお見舞いしてやった。

「おまえ。それ。完全に悪役の台詞(せりふ)な」

うずくまっているルナリアに、びっと指を突きつけた。

「ほら。立てるか。傷だらけだな。クレアのところで戻してもらえ」

緊張が解けてへたりこんでいたシモーヌを助け起こして、クレアのもとへ送り出してやる。

まーだ目を閉じてるぞ?　あの子?　いつまでやるんだ?

つぎは……、イライザのところか。

○SCENE・X「イライザvsカレン」

「はっはっはっはーっ！　その程度の知力で、この私に挑むなどっ！　笑止千万っ！」

なんか高笑いが響いている。こいつもか。

前にブレイドも食らったことのある小爆発に、眼鏡っ子の魔法使い――カレンが翻弄されている。

「八種の魔法爆雷の味はどうですか！　八種すべての属性を操るエレメンタル・マスターとは私のことです！　その爆発はランダムではありません！　ですがその規則を解読することが、貴方にできますか！」

イライザは、高笑いする。

「ハハハハハッ！　人呼んで――〝魔法爆雷無間地獄〟ッ！」

「だから下級生、いじめんな」

ブレイドは片手を振ると、イライザの周囲に無数の魔法爆雷をばらまいた。表属性の八種類に加え、裏属性の八種類も混ぜて、全十六属性による波状爆発だ。

「はうおっ!!」

爆発跡地から、髪の毛をちりちりにさせたイライザが現れた。ふらふらと歩いてきて、ブレイドの前で、ばたりと倒れる。


「裏属性の八種類も覚えとかないと、勇者業界じゃ通用しないって言っといただろ」

「け、研究が忙しくて……」

「おまえけっこう小心者だと思っていたけど。ちがうんだな。下級生相手に無双するやつだったんだな」

「いやまあ、なんといいますか……。相手が格下と思ったら、ちょっと楽しくなってしまいまして……」

「可愛い後輩だろう。優しくしてやれよ」

「私のほうが年下なんですけどね」

そういや。そうだっけか。

イライザはこの学園ではサラを抜いて最年少だったっけか。

「イライザ先輩……」

杖をつきつつも、眼鏡の少女はかろうじて立っている。焼け焦げたローブが痛々しい。

「大変、参考になりました」

なったの？　ほんとに？

何度も頭を下げつつ、カレンはクレアのほうに歩いていった。

「な、なんか……、先輩って呼ばれるの……、いいかも……、ですね」

イライザはそんなことを言っている。

「こんど研究室に呼んで、もっと丁寧に教えてあげようかな……。彼女、八属性のうちの六つまでは使えてるんですよ。あっでも、お茶もお菓子もないですよ。ねえブレイド氏？　お茶って紅茶でいいんですかね？　お菓子はどんなのを用意すれば？」

「しらんがな」


最後はレナードだが。

あいつは唯一の良識派だから、大丈夫だろうと安心しつつ……。

ブレイドは移動した。

○SCENE・XI「レナードvsレヴィア」

「君になにがわかるというんだ！」

「わかります！　レナード先輩の悔しさを！　無念さを！」

「わかるはずがない！」

剣士と槍士が、剣と槍を放りだして、殴りあいをやっている。

なじぇ？

「良識派って……」

見物人の人垣に加わって、呆然とつぶやく。

レナード……。信じていたのに……。

ソフィがすっと脇にきた。小声で言ってくる。

「レヴィアがレナードの地雷を踏み抜いたわ」

「地雷?」

「ブレイドにはわからないと思う」

ソフィが言うなら、そうなのだろう。

いまいち釈然としないまま、殴り合いを眺める。

「レナード君ってば、すっごいキレかたー。あのフェミニストが、女子、しかも年下に手をあげるなんてねぇ」

気配もなく隣に現れたイェシカが、面白そうにそう言っている。

「うーん。レナード君、容赦ないっ。女の子相手にグーパンチ」

「それってなしなのか?」

「なしでしょー」

「そうか。なしなのか」

「ブレイド。ここは兵士を育成する学園よ。兵士に男も女もないわ」

「そうか。ありなのか。……って? どっちなんだよ?」

もともとブレイドは、〝男〟と〝女〟の区別がわからなかったくらいだ。

この学園に来てから、常識を学んだ。

「女の子には暴力を振るっちゃダメ」が常識なら、学ぼうと思ったのだが……。

あっ、でも……!

「俺さっき! 鼻血出させちゃったよ! あの子に!」

「大丈夫よ、ブレイド」

ソフィが言う。

「女子は流血に強いから」

なんだかよくわからない保証をされた。

「あとあと！　仮象（VR）の中だけど！　俺ばんばん！　縦切りだの横切りだのやっちゃってるよ！」

男子も女子も見境なく斬りまくった。

ブレイドが悩んでいるあいだにも、殴り合いは続いていた。

「簡単にわかるなどと言わないでもらいたい！　安易な同情はまったく度しがたいね！」

「わかります！　わかるんです！　ボクも決して振り向いてくれない人の背中を追いかけているから！」

「……なんだって？」

レナードが動きを止めた瞬間、レヴィアの拳が、その顎を撃ち抜いた。クリーンヒットだった。

「あっ……」

上級生を打ち倒してしまったレヴィアは、信じられない、という顔で、倒れたレナードと自分の手とを、交互に見ていた。

「なによレナード。情けない。あなた一人よ。負けてるの。わたしたちはみんな勝ってたわよ。……ブレイドに止められたけど」

やってきたアーネストが、倒れているレナードを見て、ため息をついている。

「あなたはスタミナがなさすぎ。毎朝ランニング一〇キロ。今後一生続けなさい」

「そ、それは……、もう……、やっているよ」

「そうなの？　じゃあ二〇キロ」

「毎朝ランニング一〇キロ」は、ずいぶん前にアーネストがレナードに申し渡したトレーニングメニューである。

本人はさっぱり忘れているようだが……。

よろよろと立ちあがったレナードは、自分を打ち倒した相手に、片手を差しだした。

白い歯をキラリと光らせる。

「いいパンチだった。君の想いが本物だと確信した。〝同志〟──と、呼ばせてもらっていいかな？」

「そ、そんな──!?」

憧れの相手から握手を求められて、レヴィアは恐縮している。

「いいなぁ……」

「うわぁ～」

「うらやましいですわ」

「ずるい。レヴィアだけ」

残りの四人が羨望の眼差しを向けている。

「握手くらい、いつでもするぞ」

アルティアの手を握ると、ぶんぶんと振った。

ルナリアやアーネストやイライザも、それぞれのおし？　の相手と握手している。

「ふっ……。弟ができた気分だね」

「はい？」

長い握手を終えて手を離したレナードが、そんなことを言った。

そして、その場が固まった。

「あっ……、なーるほどっ。レナード君ってば、男子だと思ってたんだ。だからあの容赦ない鉄拳制裁だったのねー」

「えっ？」

イェシカの言葉に、今度はレナードが固まる。

「……いやでも？　彼は男子の制服を？　……ズボンだって穿（は）いているし？」

「あなた馬鹿？　それはズボンじゃなくてタイツ。スカートだって穿いているでしょ？　よく見なさいよ」

アーネストに指摘されたレナードが、目を白黒させている。

あっはっはー。レナード。ばっかでー。

俺だって、女の子だって、最初からわかってたもんねー。

てか、〝魔法少女隊〟って呼ばれてなかったか？　だから俺、全員女の子だって、わかったわけだけど。

「お……、弟だって構いません！　お側にいさせてください！」

「お……、おお！　もちろんだとも！　お互いの我が君（マイロード）に近づけるよう！　共に努力していこう！　同志！」

レナードに受け入れられた。

受け入れられた——のだが、レヴィアはがっくしと膝をついた。

「あんなとこまでレナード君と一緒ねえ。——報われないところとか」

イエシカが笑っている。


「わ、わたしも！」

「わたくしも！」

「私も」


あっちでも、弟子入り志願が相次いでいる。

「貴方(あなた)は見所があるわ。なかなか根性があるわ」

「よろしくてよ。貴女に洗練のなんたるかを教えてあげます」

「研究室の立ち入りを許可してあげてもいいですよ」

なんか皆、ＯＫをもらっている。

「わ――わたしはっ⁉」

期待した顔を向けてくるアルティアに、ブレイドはうなずいた。

「ああ。こっちこそ頼む」

上級クラスの皆に教えるときよりも、より一層の手加減が必要だが――。いい練習になる。

〝鼻血〟ぐらいで留めるのは、なかなか難しかった。

「やったー！　やった！　やったー！　ブレイド様の弟子にっ‼」

「お姉様がっ！　お姉様がっ！　お姉様って呼んでいいってっ‼」

「ルナリアさまが素敵なのおぉぉ‼」

「弟に！　弟になれたよっ！」

「感無量」

少女たちは、五人、喜びあってジャンプしている。

ケンカして絶交していたのが嘘のようだ。

「最初は馬鹿なプラン——と思ったけど。なんかこれでよかったみたいね」

「そだろ?」

隣に来たアーネストに、ブレイドは片目を瞑(つむ)ってみせた。

第五話「皇帝カシム爆誕」

○SCENE・I「トゥエルブの序列?」

いつもの食堂。いつもの昼食時。

いつものテーブルで、ブレイドたちは、いつものように賑やかな食事を摂っていた。


「それでレヴィアに活を入れられてね」

「あなた活を入れられてばかりね」


話しているのはレナード。めずらしく聞き役ではなくて、アーネストに向けて話している。

話に出てきているのはレヴィア。このあいだの騒動でレナードの弟分?(妹分?)となった子である。

男子と勘違いしていた件については、本人が、あまり気にしていないらしい。

例のあの騒動では、アーネストやルナリアたちも、それぞれ妹分ができていた。

イライザの場合は妹分ではなくて〝助手〟というべきかもしれないが。


「レナード先輩はもっと上に行ける人間だって。——そう活を入れられてしまったよ。それで聞かれたんだ。ビッグ12(トウエルブ)の間の序列では、どうなっているのかって」

「ビッグ12(トウエルブ)？」

「どうも僕らのことを、そう呼んでいるみたいだね」

「一二人？　誰から誰まで一二人なの？」


と言いつつ、アーネストはテーブルの面々を指差し数えてゆく。

自分(アーネスト)、ルナリア、ソフィ、クレイ、カシム、レナード、イオナ、イエシカ、クレア、マリア、イライザ——と、折れている指は一一本で、一本足りない。

「マリアとマオって、別枠で二人に数えてる？」

「最後の一人はクーちゃんだよ」

「ああ、なるほど」

「おーい……」

「なによ？　ブレイド？」

「なんで俺はそこに入ってないんだ？」

アーネストが数えるときにも見事に飛ばされていた。

「あんた規格外なんだから、入るわけないでしょ」

「ひどい……」

まー、わかっていたけどさー。ちぇー。

「私がそこに入っているのが面映ゆいですけどね」

イライザが言う。

「なに言ってんのよ。このあいだの魔法のハメ技。えぐかったのなんのって。なんだっけ？

〝魔法爆雷無間地獄〟——だったっけ？」

イライザはテーブルに突っ伏した。

「やめてください！　あのときはドーパミンが過剰分泌していたんですっ！　生まれてはじめて格下相手の無双だったんですよっ！」
「あの子とはうまくやってる？」

アーネストが聞く。あの子というのは、眼鏡で黒髪ボブのカレンという少女のことだ。

「ええ。いい助手ですよ。放課後だけで残念ですね」
「こき使っているんじゃないでしょうね？」
「ブラックに使い潰しているのはジェームズ氏だけです」
「ならいいけど」

いいんだ。
ブラックで使い潰すのは、それはいいんだ。

「序列って言ったかしら？　それってつまり、〝誰が一番強いのか？〟――って、そういう意味？」

アーネストがレナードに聞く。レナードはうなずく。

「規格外さんは、別枠で？」

アーネストがもういっぺん聞く。レナードはもういっぺんうなずく。

「それじゃ私に決まって――」

「――わたくしに決まっておりますわ」

二人、あたりまえという顔をして、胸に手を当てている。

「なによ？　ルネ？　いますぐ白黒つけてあげてもいいんだけど？」

「望むところですわ。アンナ。やりますの？」

「やるの？」

「やりましょうか？」

ルナリアと二人、腰を浮かせかけたところで、レナードがまあまあとなだめにかかる。

「マイロード。いま問題なのは二人の優劣ではなくて、僕の序列なんだ。聞かれて、思わず答えに詰まってしまった自分がいてね。情けないことだけど、本当にわからないんだ」

「そうねえ……。レナードはねえ……」

と、アーネストは皆の顔を見回してゆく。

「……って、貴方(あなた)の場合、特殊なのよね。〝あれ〟を禁じ手にしなかったなら、女子に対しては無敵みたいなものでしょ？」

「ははは。……あれかい？」

レナードがこの前開発した新技に、〝ＩＨＳビーム〟というものがあった。

白い歯と爽(さわ)やかスマイルから発生する謎の☆型エネルギーである。女性を「きゅん」とさせて虜にしてしまう。雌型であるなら、魔獣でさえ、このビームの威力から逃れることはできない。

「あれは使わないさ。——君以外には☆」

☆が飛ぶ。

「だから飛ばさない！」

アーネストが☆を手で弾き飛ばした。
謎のビームを出すほうも出すほうだが、弾くほうも弾くほうだ。

アーネストは皆をくるりと見回した。

「——そうね。最近はみんなも色々と、あるわよね。魔剣を得たり、技とか隠し球とか開発してきているようだし……。いいイベントになるかもね。——トーナメント形式がいいんじゃない？」

「マイロード。それだと四位までしか判明しない」

トーナメントというのは、勝ちあがってゆくシステムだ。

上位のほうの、優勝、準優勝、三位決定の勝者と敗者——あたりは順列が定まるが、一回戦で敗退した者たち順列は、わからないままとなる。

「四位以内から脱落する気まんまんだし……。だから貴方はレナードなのよ？　わかってんの？」

「ははは……」

「妹分にいいところ見せるって話じゃなかった？」

「本人は弟分を自称しているけどね」

「なぁ？　それって一回戦で負けちまったら、どーなるんだ？　どのくらいのところか、わかんねーじゃん？」

こんどはカシムが聞いている。

アーネストは頭痛でも押さえるように、額に手を当てた。

「カシム……。一回戦で負ける気まんまんのようね……」

「まあな！　だがビリだけは回避してやるぜ！」

「一回戦で負けたほうも、逆トーナメントをすればいいのよ。負け上がって……ていうか、この場合、逆？　負け下がっていって、誰か最弱か決めればいいわよ」

「おお！　負け抜いたやつが最弱か！　レナード！　それは任せたっ！」

「勝ち上がるほうで準決勝を目指すよ」

こうして——。

ビッグ12（トゥエルブ）による、序列を定めるトーナメントが開催されることが決定した。

○SCENE・II「第一回、トゥエルブ・トーナメント」

トーナメントは、午後の実技教練の時間を使って行われることになった。

教官は例によって涙目だ。

「はーっはっはっ！　許す！　許可する！　青春の熱き血潮！　俺とおまえとどっちが強いか！　確かめたくなるのも当然である！　よいぞ！　よいよい！　全責任は私が取るっ!!」

一人、観客席で騒いでいるやつもいる。

誰も許可など取りに行っていないのだが、「許す！」だの「許可する！」だの、自己アピールに忙しい。

王都を戦場にします、とかいうことなら許可も取るが、臨時でトーナメントをやるぐらいのことで、いちいち許可など出してもらう必要はない。

うぜえなぁ、あのオッサン。

――という目を、皆がしている。

隣にいるセイレーン女史が、国王の頭をべしっと打ち抜いて静かにさせた。

びっと鋭く指差したそこには、未決裁の書類の山がある。

国王は泣く泣く、書類のサインを再開した。

公務の最中に抜け出してきたのだ。仕事を持ちこみで観戦しているのである。自業自得ともいう。

「さて。ちゃっちゃと進めるわよー」

ぱんぱん、と手を鳴らして、アーネストが仕切る。

「ブレイドとサラちゃんはー、審判やってちょうだい」

「お？　おおー！」

「はーい」

やった。役目があった。〝規格外〟を理由に、のけ者になるのかと思ってた。

一二人だから、一回戦目は六つの試合が同時に行われることになる。一人三試合ずつ見なければならないのは、骨が折れそうだが……。頑張るぞー！

「一回戦目は、優勝候補といきなり当たって初戦負けとか可哀想だから、私の一存で、それぞれ実力の近そうな者と当たるようにしてあるからねー」

アーネストは試練場の中央に出ていった。

「とか言いつつ……、あたしとソフィは、その優勝候補といきなり当たってるんですけどー?」

イエシカが苦笑いしながら試練場に出る。

「あら? 実力を吟味(ぎんみ)した結果よ?」

ソフィはアーネストと、ルナリアはイエシカと、それぞれ戦う。

○SCENE・Ⅲ「アーネストvsソフィ」

「そういえば、最近、ガチでやったことなかったわね」

「……そうね」

アーネストの言葉に、ソフィが特に感情も示さずに返事する。

ソフィは腕と肘を引き寄せてストレッチしている。まったく気負いもない。

「ブレイドが来る前って、ソフィ、あなたこの学園のナンバー２って言われてたのよ？　知ってた？」

「そう？」

「興味なさそうね」

「でも、いまの貴方(あなた)に、私の力が通用するかは、興味があるわ」

「手加減しないわよ」

「私も全力でいくわ」

アーネストはもとより、ソフィも意外と武闘派なようだ。

○SCENE・Ⅳ「ルナリアvsイェシカ」

向かい合う二人。

いつもの澄まし顔のルナリアと、苦笑いを浮かべたままのイェシカ。

「あのねー。提案なんだけどー」

「なんでしょう?」

「全力出さないで、やらない?」

「はい?」

「変身。なしで。——ほら、あたしのスーパーモードって、あれ、きっついのよねー。寿命縮まっちゃうぐらいに」

「なるほど。了解ですわ。——ではわたくしも、変身はなしで。魔人モードは使わずにお相手いたしますわ。それならイーブンになりますわね」


こちらはクールな交渉の末、〝変身なし〟の縛りで、同条件でバトルをすることに決まった。

○SCENE・V「イライザvsカシム」

「はー、めんど。早く済ませて研究室に帰りたいです。まったく、たまに実技教練に出てくれば、こんなバカなことをさせられるなんて……」

「なーっ! 頼むっ! ほんと頼む!」

「てゆうか。さっきからなにを頼んでるんですか？　カシム氏は？　ぱんつなら見せませんよ」

「ちがう！　そうじゃない！　——見たいけど！　——いまはそれじゃない！」

「マジですか。こんなちんちくりんのぱんつでも見たいんですか。ほんと女子のぱんつなら、なんでもいいんですね。最低のクソ野郎ですね」

「もっと言ってくれ！　——じゃなくて！　この試合！　頼むから負けてくれ！　そうすりゃすぐに終わるだろ!?　な！　なっ!?　なぁ！　頼むって！」

「さっさと負けて、研究室に戻るつもりでいたんですが……」

「じゃ！　じゃあ!?」


カシムが、顔を輝かせる。


「だけど気が変わりましたので、ボロくずのようにしてさしあげます。くっくっく……」

「なんかいやな笑いしてるーっ!!」


カシムの体は八色の爆発に覆(おお)われた。

○SCENE・Ⅵ「クレイvsイオナ」

「正々堂々！　戦おう！」

「予告します。クレイ、貴方は正々堂々と戦ったのちに、地に伏せることでしょう。通称〝床ペロ〟です。なにしろ私はハイスペックですので」


ポジトロニウム粒子砲のビームが飛び交った。

剣でビームを斬る。あるいは剣で受けて、くるりと投げて返す。

ちょっと目を疑うような光景の戦いが繰り広げられた。

○SCENE・Ⅶ「レナードvsクレア」

「あはははー……、な、なんか、あっちもこっちも、派手だねー」

「我が槍に誓おう。我が全力をもって、戦い抜くことを……」

「レナード君、目がマジだよぅ」

「そしてマイロード、君のもとへ……」

「わたし、アンナじゃないからね？　ねえレナード君、聞いてる？」

クレアが語りかけるが、レナードは、聞いちゃいない。

「もうっ！　レナード君！　らしくないよぅ！　なんかちょっと、そーゆーのイヤ！　本気でやっちゃうからね！」

クレアが本気を出した。

すなわち、変身した。

ビッグ12の面々は、だいたい変身モードを持っている。

クレアの場合には――。

〝巨大化〟――である。

身長――一六・二メートル。一〇倍のサイズを誇る巨人であった。

そして重量とパワーは、サイズの三乗に比例する。

すなわち——一〇〇〇倍。

「えーいっ！」

数十トンの質量を持つトゲトゲメイスの先端が、上空数十メートルの高みから、音速を超えて振り下ろされてくる。

「絶対防御！」

レナードはバリアを展開。ビルの落下にも等しい大質量を受け止める。

——が。

「ぐっ……、ぐおおおおーっ!!」

数秒もしないうちにバリアがまたたきはじめる。

そして砕けた。

ぱりーん、と力場の破片が舞い散った。
そして、ぷちん、と音がした。

「あっ」

トゲトゲメイスをどかしたクレアが、真っ青になっていた。

○SCENE・Ⅷ「マオvsクー」

「はーっはっは！　──魔王雷っ！」
「ぎしゃー！　ぎしゃー！」

千本の雷柱が竜化したクーの巨体に降り注ぐ。

○SCENE・Ⅸ「勝ち組と負け組と」

「はーい、じゃあ勝った人は集まってー！　トーナメント二回戦いくわよー。あと負けた人はあっちに集まってねー。逆トーナメントの二回戦目ねー」

アーネストの合図で、勝ち組と、どんよりした顔の負け組とに分かれた。

勝ち組のほうは――。アーネスト、ルナリア、イライザ、クレイ、クレア、マオ。

負け組のほうは――。ソフィ、イェシカ、カシム、イオナ、レナード、クー。

おたがいに、頂点（てっぺん）を決める戦いと、最下位（びりっけつ）を決める戦いとに分かれて、全力を出しきった。

その結果――。

「おおーぅ？　どっちも三位決定戦まで終わったなー？」

女帝（エンプレス）が二人共々、へたりきって使いものにならなくなってしまったので、ブレイドは前に出て、進行を取り仕切っていた。

すべての対戦が終わり、上位四人と、下位四人とが決定した。

全一二人での対戦だが、トーナメントの仕組み上、中位の四人は順位がはっきりしない。

まあ、上か下か真ん中か。上ならてっぺんなのかそうでないのか、下ならビリなのかそうでないのか——と、そのあたりが重要らしいので、これでよいらしい。

「じゃあ、発表すっぞー。まず上位から」

ブレイドはメモを読み上げた。

「一位——アーネストとルナリア。同率で一位なー」

「わ……、わたくしがっ……、勝っておりましたわっ……」

「ふ……、ざけんな……、最後、クロス……カウンターでっ……、わたしの勝ちでしょ……」

へろへろのぼろぼろで——、さらに素っ裸で——、誰かがお情けで掛けてくれたマント一枚という姿で、二人は自分の勝ちを主張する。

しかしあれはどう見ても〝相打ち〟だった。

頂上決戦は凄(すさ)まじかった。

ただの試合だというのに、おたがいの持てる全力を出していた。

個人で変身可能な上限である魔人3まで出して、最後は共に魔力切れ。魔人でもなんでもない、すっぱだかでクロスカウンターで両者ノックダウンという結果に終わった。

よって、どっちも一位。どっちもてっぺん。

そういうことにしておいたほうが平和だろうと、激しく思う。


「三位はクレイなー。それで四位がマオだ」

「いやぁ……。偶然だって」

「ちいっ」

謙遜するクレイと、激しく舌打ちをするマオ。

「我を負かした相手が〝偶然〟と抜かしおる。どうしてくれようか。殺してくれようか」

マオは悔しがっている。魔王みたいな、ものすごい顔だ。

クレイの言う〝偶然〟も、あながち間違っていない。相性問題はたしかに存在した。

マオはそれまでの試合で飛ばしすぎて、ガス欠ぎみになっていた。そしてクレイは周囲のエネルギーを取りこんで自分の技として使える。二人の必殺技は相性の問題がありすぎた。

クレイは魔剣（ブリファイア）の所有者となってからこちら、成長が著（いちじる）しい。相性問題がなくても、実力でベスト4に食い込んできそうではある。

「クレイすごーい！　すごいすごーい！」

クレアに褒められたクレイが、後ろ頭をかきながら、また「偶然だよ」と言いかけて、マオににぎろっと睨（にら）まれている。

「そんで。下位四人のほうだけど」

ブレイドはメモを見た。

「こんどは上から言うぞー。――第九位。クー」

「おかしいのじゃー！　我は弱くないのじゃー！　弱い子は捨てられるのじゃー！　いやじゃー！　やり直しを要求するのじゃー！」

クーがじたばたと暴れている。

ブレイドは、まあ妥当な結果だと思った。

ここに来た当初は、一〇八人全員でかかるような力関係だったが、最近では、食っちゃ寝るだけの生活がたたって、皆にだいぶ追い抜かされている。

修行しないのが竜種という存在であるが、そろそろクーにもなにか〝特訓〟が必要だろうか？

「つぎ。一〇位なー。――イオナ」

「私はハイスペックなはずです。一位二位は無理としても、三位にはつけるだろうと思っていました……」

イオナは体育座りで、膝を抱えている。かなり落ちこんでいるっぽい。

「まあ……。これから修行すればいいんじゃないか？」

落ちこみっぷりが心配になって、声を掛けてみた。

「マスター。優しいです。慰めックスを要求します！」

カエルみたいに飛びついてきたのを、さっとかわすと、イオナは顔面から地面に落下していった。

「つぎ。一一位なー。――レナード」

「ふっ……。望み得る最上の結果が得られたよ」

ん？　ブレイドだけでなく、皆も揃って首を傾げる。

「レナード？　あなたわかってる？　上から二番でなくて、下から二番なのよ？」

アーネストが不思議な顔で聞く。

「もちろんだよマイロード。これでレヴィアに胸を張って報告ができるよ。ビリは回避できた

──と」

ああー……と、皆が理解した顔をする。生暖かい目で見守る。

「じゃ！　みんな撤収(てっしゅう)ーっ！　実技教練の時間押しちゃったから、次の授業の大講堂に移動ーっ！　ほらはやくする！」

アーネストがぱんぱんと手を叩く。

マッパでマント一枚の姿で言っても威厳がないが、ギャラリーの下位クラスの生徒たちも含めて、皆はぞろぞろと移動をはじめる。

「ちょおっと待てよう！」

一人、立ち尽くして、叫ぶ男がいた。

その顔は涙と鼻汁で濡れていた。

「オレの順位も発表してくれたっていいだろお！」

「あっごめん。忘れてた」

　ほんとに忘れていたっぽいアーネストから、悪気のない顔が返る。

「忘れんなあぁ！」

「じゃあ一二位はカシムね。あんたびりっけつよ」

「言うなあぁ――!!」

　カシムは走っていってしまった。

　涙のあとが尾を引いて残るほどの猛ダッシュで駆けてゆく。

　皆は痛ましそうな顔でカシムを見送ったあと――。その目をアーネストへと向ける。「あーあ、泣ーっかした」と皆の目が訴えている。

「ええっ？　わたしが悪いのっ!?　ちがうでしょ？　――そうよ！　カシムが軟弱なのが悪いのよ。メンタル弱いし。実力でも実際弱いし」

暗殺者（アサシン）タイプのカシムは、こういう試合形式は最も苦手とするところだ。その点は気の毒である。

夜の野戦や都市戦で、不意打ち上等のバトルロイヤル形式で競っていれば……。

あー、うん……。それでも最下位近辺かなー……。

ブレイドは、そう思うのだった。

○SCENE・X「力が欲しいか？」

「くそう！　くそう！　くそう！　……オレだって！　オレだって！　……くそう！」

学内の片隅で、カシムは地面に突っ伏していた。

拳を地面に何度も叩きつける。

いつもヘラヘラとしているが、そこはやはり男の子。

皆には「ビリだけは回避してやるぜ!」とか言っていたが、じつはこっそり、上位を狙っていたのだった。

初戦の相手が、ちんちくりんのイライザとわかったときは、正直、やったー! と思った。トーナメントの仕組み上、初戦に勝てば、それだけで上位五〇パーセントに入ることが確定するのだ。

初戦に負けてからも、クーに負け、イェシカに負け、そしてこいつにだけは勝てるだろうと思っていたレナードにまで、あっさり負けてしまった。

なによりも悔(くや)しかったのは、誰も自分に期待していなかったことだ。

あのレナードでさえ、下から二番目であったことを、アーネストから、ちくちくとやられていた。

自分には、それさえもなかった。

てゆうか。順番を忘れられていた始末だ。

悔しい。

もっと力があれば――！
オレに力があったなら――！
涙が手の甲に落ちる。ぽたぽたと手の甲を濡らす。
その時――。
《――力が欲しいか？》
〝声〟――が聞こえてきたのだった。

○SCENE・XI「神風の術」

その日、カシムは、凄（すご）い上機嫌で学内を歩いていた。
肩で風を切る、という言葉がぴったりの様子でカシムは歩く。

すれ違う生徒たちが妙な顔を向けるが、カシムはまるで気づかない。
こみあげる万能感に、ニヤニヤ笑いが止まらない。

「本当に、なんでも思い通りになるんだな？」
《無論》
「本当に、なんでも、なんだな？」
《その通り》
「本当の本当に、本当なんだな？」
《説明した通りだ。この都市内、および、大気ナノネットワークに接続された地域であれば、設備のすべてをコントロール可能である》
「ひゃっほう！」

突然、声を張りあげたカシムに、通りすがりの生徒たちが怯える。
それにも気づかず、カシムは拳を握りしめて、喜びに打ち震えていた。

昨日、突然、〝声〟が聞こえるようになった。
カシムの頭の中だけに聞こえる声は、「力が欲しいか？」と訊ねてきた。

はじめは、自分がおかしくなったのかと思った。

布団をひっかぶって震えていたが、朝になっても、やっぱり声は聞こえた。声になにを訊ねても、「力が欲しいか?」と、ただ同じフレーズを繰り返すばかりで、会話が成立しない。

声が聞こえはじめたのは、トーナメントでビリが決まったときからだった。悔しさに震えながら、「力が欲しい!」と切望してからだ。

カシムは覚悟を決めて声に答えた。「力が欲しい!」――と。

そうしたら「ならばくれてやる」という声と共に、カシムの左手の甲に、妙な紋章が現れた。

その時から、会話が成立するようになった。

カシムの頭の中に響く声は、手の甲の紋章から聞こえてくるようだった。

紋章による説明は、いまいちわからなかったが、ひとつわかったことは、カシムは「なんでも思い通りになる力」とやらを手にしたようだった。

はっ――と、なにかに気づいたカシムは、廊下の先に目を向ける。

女子が数名、歩いてくる。

しゃがみこんだまま、ローアングルで構えたカシムは、獲物を狙う鷹の目になった。

「なんでもできると言ったな！　ならばオレは――パンチラが見たい！」
《は？》
「パンチラだ！」
《パンチラというものを定義しろ》
「パンツだよ！　パンツ！　女子のパンツが見てえの！　あっちから歩いてくるあの子たちの！」
《……何故？》
「なんだよ！　ウソかよ！　なんでもできる力って言ったのに、パンチラ一つできねえのかよ！」
《容易(たやす)いことだ……》
風が吹く。
どこからか、突然、強い風が吹きはじめた。
《最寄りの通風口の風量を制御した》

風は女子たちの足元の格子から吹いていた。

下から上へと、猛烈に吹き上がる。

「きゃあー！」

風でまくれあがったスカートを、女子たちは手で押さえる。

下着が、ばっちりと見えていた。

女子たちが悲鳴をあげつつ駆け去ってからも、カシムは同じ姿勢でいた。

感涙にむせびつつ、拳を握りしめている。

「うおおおおーっ！　見えたあぁ……！　白、黄色、ピンクの花柄っ！　うおっしゃあああぁっ！　オレ！　今日一日！　幸せだああぁ！」

《……》

声はなにも言わない。ただ呆れたような雰囲気だけがあった。

○SCENE・XII「カシムの幸せ」

パンチラを拝めたことで、カシムは一日中、幸せだった。幸福感が、一日中、持続した。
だが翌日にもなると、幸福感は薄れてきてしまう。
もう一度パンチラが見たくなってくる。

風を吹かせてパンチラを起こす技のことを、カシムは〝神風の術〟と命名していた。

「おい、あそこだ。あのお姉さんだ」

こちらに歩いてくるおしゃれなお姉さん。
狩人(かりゅうど)の目つきになったカシムは、手の甲の紋章に向かって、小さな声で語りかけた。

《力は、もっと有益なことに――》
「はぁ？　パンチラより有益なことが、この世にあるのか？　いいや、ないね！」
《いや、しかし――》

「いくぞ！　神風の術ーっ！」

風が、吹く。
スカートがまくれあがる。

「きゃーっ！」

「あははは！　あはははは！　あはははははーっ！」

カシムは全能感に浸りきった。

○SCENE・XIII「弾劾裁判」

「ここ数日、学内、およびその近辺で、女子のスカートがまくれあがる、という事件が頻発（ひんぱつ）しているわ」

ある日の昼休み。

いつもの食堂のいつものテーブルで、アーネストが、そんな話を切り出した。

食事には手を付けず、深刻そうな顔を、組み合わせた指の上に載せている。

上級クラスの女子たちは、〝ガールズミッション〟と称した自警団っぽい放課後活動を続けている。「女性の敵」を撲滅(ぼくめつ)するのが、その活動内容である。

文字通り、撲(なぐ)って滅(めつ)する。

「いつも決まって、謎の風がどこからか吹いてくるそうよ」

初耳の者も多く、皆はアーネストの話に耳を傾けている。

ただ一人だけ、挙動不審な者がいた。

カシムだった。

話の途中で、びくっとしたり、ぎくっとしたり、あからさまに態度がおかしい。

「へ、へー……、でも事件って決めつけるのは、は、早いんじゃないか？　ただ風が吹いただけだろ？　ぐ、偶然かもしれないよなー。……な？」

聞かれたわけでもないのに、カシムは話しはじめていた。

さらに同意を求めるようにして、皆に顔をめぐらせる。

「現場には、常に、うちの学校の一生徒の姿があったそうね」

ぎくっ！

「そしてその生徒は、スカートがめくれあがると同時に、〝なんとかの術ーっ！〟とか、わけわかんない叫びを張りあげていたそうよ」

ぎくぎくっ！

カシムが石像のように動きを止めた。

汗だけが、たらーりと、こめかみから顎(あご)まで伝ってゆく。ぽたりと、テーブルに落ちた。

皆は事情を察した。

ひとりブレイドだけが、カツカレーに夢中だった。

「ねえカシム？　なにか言い分は？」

「お……、オレはやってない！　オレじゃない！　オレは神風の術なんて使ってないぞ！」

「わたし、その〝神風の術〟っていうの、言ってないんだけど？　〝なんとかの術〟としか言ってないのよね……」

「あ……？　あーっ！　あーっ！　きったねー！　ひっかけやがったな！」

「引っかかるもなにも。状況証拠だけで、充分、黒でしょうに……」

アーネストはため息をついた。

「ねえカシム。――〝なんとかの術〟ってのは、よく知らないけど。きっとなにか新技でも開発したのでしょうけど。悪事に使うのはよくないわよ。しかも、よりにもよって、そんなくだらないことに――」

「くだらない、だと？」

カシムが、ぎろりとアーネストに目を向ける。それまであった怯えが、急に消えている。

「くだらないでしょ。スカートめくりなんて、そんなのロースクールの子だってやらないわよ」

「えと……、カシムはやってたかな」


カシムの親友であるところのクレイが、言いにくそうに、そう証言した。


「ロースクールの三年生くらいまでは、やってたはず。……うん。やってた」

「そうだ。オレはやっていた。三年生からやらなくなったのは、やると簀巻きにされて木から吊されるからであって、決して情熱が消えたからじゃない！」

「そこ力説するところ?」

「おまえがくだらないとか、言うからだ！」


カシムはヒートアップする。

人には誰しも、譲れない一線、引けない一線、というものがある。

カシムの場合、それがスカートめくりだったということだ。


「まあともかく、おやめなさい。そういうくだらないことは」

だがアーネストには、まったくわからない。

ただくだらないとしか思えない。


「スカートめくりを馬鹿にするな！」

「いや馬鹿にするわよ」

椅子を蹴立てて、カシムは立ちあがる。

アーネストも立ちあがって、カシムと睨みあう。


「スカートめくりを馬鹿にするのは……！　オレを馬鹿にするのと一緒だ！」

「だからあなたも馬鹿にしてるんでしょう」

「おまえはオレを怒らせた！」


カシムは腕を振りあげ、ポーズを取った。

「神風の術――っ!!」

振り下ろすと同時に、そう叫ぶ。

どこからか、風が吹いた。

その風は、どんどんと強くなり、アーネストのスカートを下側からめくりあげた。

……が、パンツは見えない。

「わたし。タイツ穿いてるんだけど」

アーネストはいつも黒いタイツを穿いている。じゃないと剣を振る度にパンチラをさらすことになる。

いくら風が吹いても、スカートがめくれても、どうということはない。

「ちくしょぉぉぉーっ！　お、覚えていろよーっ！」

捨て台詞を残して、カシムは駆け出していった。

「まったく……、しょうがないやつ」

くびれた腰に手をあてて、アーネストは言う。

「みんなごめんね……、あとでよく言い聞かせておくから……」

クレアがそう言いつつ、なぜか、ぺこぺこと頭を下げている。

誰もクレアのせいだなんて思っていない。それでもクレアは謝っている。

「おかわり――って？　なんかあったんか？」

ブレイドはおかわりの皿をイオナもしくはソフィに差し出そうとしたところで、場の雰囲気に気がついた。

〝空気を読む〟という超能力を、最近、身につけつつある。

なんか〝空気〟がおかしい。……なぜゆえ？

「いいのよ。カツカレー大盛りね。はい。行ってきてあげるわ」

なぜか、アーネストが皿を受け取って、歩いていった。

ソフィとイオナが、がっくりと崩れ落ちている。

なんか、へんだなー？

ブレイドはまわりを見回してみたが、理由はわからなかった。

○SCENE・XIV「カシムのリベンジ」

「ふっふっふ……。スカートめくりを馬鹿にしたことを、後悔させてやるぜ……」

廊下を忍び足で歩いてきたカシムは、ぴたりと壁に張りついた。

廊下を歩く生徒の姿もある。だが誰もカシムには目を留めない。

暗殺者のカシムは、認識阻害系の能力を持っていた。地味な能力だが、こうした隠密行動には便利である。

「この壁の裏が、女子更衣室だな……」

にやりと、カシムはプロの笑いを浮かべた。

手の甲の紋章に話しかける。

「おい。壁を透視させろ」

《何故？》

「なぜもなにも。いまこの壁の向こうで着替えている女子たちの裸を、オレは見てぇの！　見るの！」

《女子の下着を見たときもそうだが、その行為にどのような意味があるのか。説明を——》

「なぜならそこに裸があるからだ！　あと、スカートめくりを馬鹿にしたことへの復讐(ふくしゅう)という建前(たてまえ)だってある！」

《裸ならば風呂(テルマエ)で何度も見ているのでは？　正視できず目を逸(そ)らしていたようだが……。あと建前とは本音のかわりに口にするものであり、本音を先に言ってしまっては無意味なのでは？》

「う、うるせー！　それとこれとは別なんだ。堂々と全開で御開帳されてるものを見て、なにが楽しいっていうんだ。こーゆーのはこっそり覗(のぞ)くからいいんじゃないか！」

《理解不能》
「いいから、やれよ」
《命令を拒否》
喋る紋章との付き合いは短いが、カシムはその扱いかたを心得ていた。
「なんだ。できねえのかよ。はーん」
《た、容易いことだ……》
嘲るように鼻で笑ってやると、紋章はやる気を出した。
意外とチョロい。
《ただ裸を見たいのであれば、壁を透視するかわりに、室内の光景を映像で出すことで代用するが？》
「お？　ああ？　なんでもいいぞ」
ぱっと、カシムの目の前の空間に映像が浮かぶ。一瞬驚いたものの、仮象のなかではよく見かけるモニター画像だ。

「おっ！　おっおっ！　——おぱい！」

カシムは映像に夢中になった。

そこには更衣室内の光景が映し出されていた。アーネストとルナリアが並んで着替えている最中だ。

「凹凸すっごい！　さすがのワガママボディだぜ！」

カシムはルナリアの裸体に食いついていた。

プロポーションにおけるメリハリでは、ルナリアが一歩抜きん出ている。

《赤い人物の裸を見るのではなかったか？》

「おおっと！　そうだった！　そっちを見せろ！　ふはははは！　見るぞ！　見てやんよ！　隅から隅まで！　じっくりとなーっ！」

《心得た》

「も……、もっとアップだ！　もっと接近だ！　どアップで！」
《こうだな》
　カメラが寄る。ぐぐっとアップになる。
「うおー！　うおー！　うおー！　……アンドロメダ」
《必要があれば、都市のすべての場所の監視映像を得られる。本来であればプライバシーにより覗けない場所も、船長権限により開示される》
「すげー！　覗き放題か！」
《元々、この機能は裸を見るためではなく、本来は、都市の治安と秩序を守るために存在しており――》
　なんか、小言が出てきそうだったので、カシムはここ数日で心得た〝コツ〟を使った。
「おまえ。ハイスペックだな。すげーなっ」
《そうであろう》

声から喜色がこぼれだしている。

顔があれば、きっとドヤ顔をしているに違いない。

ブレイドが、イオナをうまくあしらっているが、それと同じだ。〝ハイスペック〟が殺し文句なのだ。

再び映像に戻った。映像の中では、そのハイスペックなイオナが更衣室の壁に顔を向けていた。そしてなにかをアーネストの耳に囁(ささや)く。

アーネストは、弾かれたように壁に目を向け――。

ぎぬろ。

カシムの近くの壁が、爆発した。

「うおっとおおっ!」

カシムは慌てて壁から離れた。

「あの眼力砲！　壁までぶち抜くのかよ！」

学園の生徒なら誰もが知るところであるが、女帝（エンプレス）たちの眼力は、物理的破壊力を持つ。並の兵士程度なら、睨（にら）んだだけで縦回転させられる。

だが壁を抜いてくるとは思わなかった。

「この不埒者（ふらちもの）！　殺してさしあげますわ！」

「あんのバカ！　スカートめくりのつぎは覗きぃ⁉」

ぼん、ぼん、ぼん、と、女帝（エンプレス）二人の眼力砲が、立て続けに壁に穴を開ける。だがカシムのほうがもっと素早い。

こと逃走において、カシムに敵（かな）う者はいない。

「へへーん！　ばーかばーか！」

「待ちなさい！」

女帝二人が裸のまま廊下に飛び出してくる。

二人で眼力砲を連射する。だがカシムを捉えられない。視認さえすれば当たるはずの攻撃が、すべて躱される。

「ぐーずぐーず！　のろまー！　おしーりぺんぺーん！」

カシムには余裕さえあった。

ズボンを下ろしてパンツまで剝いて、生の尻をぺんぺんと叩いてみせて、馬鹿にするだけの余裕があった。

「なんて下品な！」

「なんかしらないけど！　すごいムカつく！　なんでお尻出してんの！　バカ!?　バカなの!?」

二人は周囲が溶けたり凍ったりするぐらい怒っていたが、カシムの姿はもうなくなっている。

追いつけるとも思えない。

そして自分たちが素っ裸で飛び出してきていることにも、そろそろ気がついた。

魔人化したあとは、だいたいいつもこんなもので、いまさら「きゃあ」とか言ってうずくまったりはしないが……。


「あのバカ。こんど見つけたらコロス」

「そうですわね。永久氷(えいきゅうこおり)に封印して差しあげますわ」

女帝(エンプレス)二人は、鼻息も荒く、そう言った。

○SCENE・XV「カシム懲罰会議」

「まーた、被害が出たわよー。スカートめくりが五件に、風呂(テルマエ)の覗(のぞ)きが三件ねー」

イエシカが報告書の束を机に放る。

被害を受けた女子からの苦情と陳情(ちんじょう)が、びっしりと書きこまれていた。

「また増えてるじゃない」

　アーネストはため息をついた。

　女子更衣室における、女帝二人の被害にはじまって、そこから連日、被害が続いている。

　見つけたらとっ捕まえて、ふん縛って、ぎったんぎったんの、ぼっこんぼっこんにしてやろうと思っていたのだが——。

　見つからない。捕まらない。

　姿を確認できるのは、スカートめくりと覗きの瞬間のみ。その際にも、「へへーん！」とかやっているので、わざと姿を見せていると思われる。

　授業にも出ず、寮の部屋にも帰らず、完全に姿を消した神出鬼没のゲリラ戦法だ。

「暗殺者に好き勝手させると、こんなに面倒だとは、思わなかったわ……」

　こめかみを揉みながら、アーネストがつぶやく。

「食料とか、どうしてるのかしらね？」

「あー、それねー。食堂のマダムが、食材がなくなってるって言ってたわー」

「ゴキブリかっ！」


吐き捨てるように、アーネストは言った。

深刻な顔で話している皆に、ブレイドは手を挙げて、聞いてみた。


「なーなー？」

「なによ？」

「なんでカシムのこと、追いかけてんの？」

「つかまえて、とっちめようとしてんの」

「カシム、なにやったんだ？」

「だからさっきから言ってるでしょ。スカートめくりと、覗きよ」

「スカートめくりってなんだっけ？」


ここ数日、よく聞かされていた言葉だが、その意味するところはわからない。

以前、なにかで聞いた覚えがあるのだが……。

「ああ、あれだ。男の子の通過儀礼的な……なにか？　だったっけ？」

「俺はやってきていないよ」

「僕も当然やっていない」


クレイとレナードが、即座に言う。なにか女子の目を気にしている。

なるほど。通過儀礼というわけでもないらしい……？


「俺もカシムのとこいって、一緒にやってくるかなー？」

思いつきでそう言ったら——。

「やめなさい！」

「いけません！　ブレイド様！」

「ブレイドが幸せなら、そうすればいいわ」

「だめー！　ブレイド君！　だめー！」

「お兄さんそれはだめだと思います」

「マスター。最低のクソ野郎と言ってよいですか」

「あははは ー。じゃあ、あたしもスカート穿いてこなきゃー。ホットパンツじゃめくってもらえないものねー」

「うむブレイド。殺し合いをしよう」

「親さま？　スカートをめくるのか？」

「こんなちんちくりんのをめくっても、面白くもなんともないと思いますよ」

反対五票、賛成三票、賛成だか反対だかよくわかんないのが二票。

なんかよくわからなかったが、反対票のほうが多そうなので、とりあえずいまはやめておくことにした。

でもそのうちやってみたいなー。スカートめくり。……なんか普通っぽいし。

「ブレイド、貴方もバカなこと言ってないで、カシムを捕まえるのに協力しなさいよ。あんた超生物なんだから、やろうと思ったら、すぐでしょ」

「超生物ゆーな」

ブレイドはすこし考えて、アーネストに言う。

「なんか違うと思うんだよなー。カシムのやりたいことを邪魔するのって」

「女子は迷惑してるんですけど！」

「はーい！　あたし気にしてないわよ。減るもんじゃなし。やんちゃでカワイイじゃない」


イェシカが手を挙げて、そう言う。


「そりゃ五歳児くらいならかわいいかもしれないけどね！　一八歳児はアウトでしょ！」

「あと、俺がスカートめくりをするときに、教わりたいしなー」

「それが本音かい！」

「ブレイド様がめくりたいとおっしゃるのでしたら……、わたくしのスカートだけをめくられるのでしたら……、かまいませんことよ？」

「ルネ！　あんたまで賛成派に回ってどーすんの！　前こいつキス魔になったでしょ！　こんどスカートめくり魔になったらどーすんの！」

「キス魔？　なんのことですの？」

「あー、あれはあんたがくる前のことだっけー」

「なんですの！　なんですの!?　キス!?　誰が誰と!?　わたくしはされておりませんわ！　手

は握られましたけど!!」

「だいじょうぶ。あんただけじゃないから。わたしもだから」

なんだか賑(にぎ)やかになってきた。

「まー、ともかく、ブレイド君の協力は得られないみたいだから、あたしたちだけでなんとかしないとー」

「頼むわよ、イェシカ。うちって諜報(ちようほう)系は少ないから、貴女(あなた)とソフィくらいが頼りなんだから」

カシムをどうやって捕まえるかの作戦会議は、長々と続いた。

○SCENE・XVI「カシム捕獲」

カシムを捕まえるべく、作戦を展開しようとしていた矢先——。

当のカシムが、ひょっこりと姿を現した。

「やあ諸君。おはよう。良い朝であるな」

カシム狩りのため、早朝から集まった面々に対して、林の中から歩き出てきたカシムは、片手をあげつつ、ほがらかな顔で挨拶してきた。

「なっ……」

呆気に取られていたアーネストだったが——。

「確保——っ!!」

我に返ると、そう叫ぶ。

カシム狩りのために集められていた面々が、飛びかかり、飛びつき、押し倒して、のしかかった。

人間で出来た小山が、その場に生まれた。

○SCENE・XVII「カシムの往生」

引っ捕らえられて、ロープでぐるぐる巻きにされたカシムは、地べたに座らされていた。


「あんた、自分がなにをしたか、覚えているわよね？」

「うむ。記憶している」

「なにか言うことは？」


最期の情けとして、言い訳ぐらいはさせてやろうかと、アーネストはそう思っていた。

だがカシムの様子は、アーネストが思っていたのと、ちょっと違っていた。

なんというか……。往生際（おうじょうぎわ）がいいのだ。


抵抗するでも、開き直るでもなく、殊勝（しゅしょう）な顔でお縄についている。

まるで自分の行いを反省しているみたいな……？


「余は愚かであった」

「……はい？」

まさかカシムから、反省の言葉が聞けるなんて……。

アーネストは自分の耳を疑った。

「は、反省したって……、だ、だめよ？　被害者がいっぱいいるんだから」

「馬鹿なことをしたと猛省している。今後二度と、このようなことは起こさないと誓おう」

「当然だ。余は一人一人の元に謝罪しに行く。相手が許してくれるまで、最大の誠意をもって、許しを請おう」

「……えっ？」

なんか……、これ……？　本当に反省してる？

「無論。罰を与えるというなら、甘んじて受ける用意がある」

「えっ？」

目の前で縄についている人物が、カシムに見えなかった。

カシムっていうのは、もっとこう、バカで意地汚くて、往生際が悪くって、あとセコくって……。

こんな、堂々としていて、自分の非を認めて往生するようなやつじゃない。

誰これ？

「余に罰を与えるのではないのか？」

「え、えーっと……」

なんかカシムがへん。〝余〟とか言ってるし。

「あのぅ……」

と、そこでクレアが手を挙げる。

「できれば罰はなしにしてあげられませんか？　カシムも、こうして反省しているみたいだし……。ね？　そうでしょ？　カシム」

「ああ。まったく馬鹿だった。本当に自分が情けない」

「ほら」

クレアがカシムに頭を下げさせる。

「わ、わたしじゃなくって、めくられたり覗かれたりした人たちに……」

「貴女も一応被害者ですわよ？　アンナ」

そういや、そうだっけ。更衣室を覗かれて、素っ裸を見られたっけ。

って……、風呂では、普段から混浴なわけで……、当然、素っ裸なわけで……。

ああもう、なにがなんだか、わからなくなってきた。

「じ、じゃあ……、全員にきちんと謝罪することを条件に、解放することにします」

「有り難い」

「ゆ、許されたわけじゃないからね！　ちゃんと皆を回って謝罪するのよ！　逃げたりサボったりして怠慢こいたら、とっちめるから！」

「当然だ」

王のような風格で、カシムはうなずいた。

そのうなずきに、アーネストは思わず信じてしまった。

○SCENE・XVIII「変貌したカシム」

「カシム様ぁ♡　きゃー！　こっち向いたー！　きゃーきゃーきゃー！　ぎゃあーっ！」

「ん。おはよう」

「カシムさん！　おはようございます！」

「うむ。おはよう」

「カシム君！　おはよう！」

いつもの朝。いつもの登校風景。

あちこちからカシムに声が掛かる。感激のあまり超音波を発している女子までいる。

下級生を中心に、特に女子を中心に、目を輝かせてカシムの歓心を買おうとする。中には

「様」呼びをしている者もいるくらいだった。

あの日を境に、カシムは人が変わったようになっていた。

その誠意ある謝罪は、当然のように受け入れられ、スカートめくりと覗きの件は、すべてが終わったこととされていた。

「カシム、人気だなー」

「ほんとうね」

ブレイドが言う。アーネストがうなずく。

「だけど本当に、変わったわよね。前までのカシムだったら、あれ絶対、鼻の下伸ばして、デレデレしているところよ」

右手と左手、それぞれに抱きついている女子がいる。

「ほら見なさい。あんなになってたら、『両手に花ーっ！』とか言って、エッチなことしてたわよ」

「エッチなことって？」

「ブレイドは、知らなくていいことっ！」


アーネストは、べーっと舌を出して校舎に入っていってしまった。

ブレイドは、ぽりぽりと後ろ頭をかきながら、自分も校舎に入っていった。

○SCENE・XIX「マザー来訪」

昼休み。

いつものように、上級クラスの面々は、いつものテーブルに集まって食事を摂っていた。

「どうした？　余の顔に、なにかついているか？」

「い、いえ、べつになにも」

アーネストは慌てて目を逸らした。

「カシム様ぁー♡　口の端にソースがついてまぁす♡」

侍女（じじょ）――ではなくて、下級生の女子が、つきっきりになって世話をしている。

まるで王族だ。

「うむ。ご苦労」

ねぎらう態度も堂々としていて、まるで王族。

〝カシム親衛隊〟から派遣されてきた今日の当番は、ツインテールの可愛（かわい）い子だった。

ぽっと頬（ほお）を染めると、もっと可愛くなる。

「おま。ほんと変わったなー」

「余はあるべき姿を取り戻しただけだ」

カシムは爽（さわ）やかに笑った。

きらりと、歯が光ったようにさえ思える。

「ああもうブレイドってば、それ本人に言っちゃう？」

「そうですわよ。みんなせっかく、言わないようにしておりましたのに」

「え？　俺、空気読めなかった？　ダメダメだった？」

ブレイドは愕然(がくぜん)となった。空気を読む超能力は身につけたはずなのに……。

「まあでも、みんな思っていたことよね」

アーネストの言葉に、皆がうなずく。

いや、一名ほど──クレアだけは、難しそうな顔をしていた。

「これまで馬鹿にしていて、ごめんなさい」

アーネストはカシムに体の正面を向けて、深々と頭を下げた。

「よい。もとはといえば、余が招いた状況だ。自業自得(じごうじとく)というべきものだ」

謝罪する女帝（エンプレス）というのも珍しい。だがそれよりも、カシムから漂う王の風格に、皆は感心していた。

一人、やはりクレアだけが、難しい顔で眉（まゆ）を引き寄せている。

なにか言いたげであるが、言葉がまとまらないといった顔だ。

ブレイドはクレアの様子にずっと前から気がついていた。

「あのさ、クー――」

話しかけようとしたとき、その人物は、食堂の中に入ってきた。

「あっ――、マザーちゃん」

誰よりも早く気がついて、迎えに立ったのはクレイだった。

さすが自他共に認める、マザーの守護騎士。

マザーは寝間着みたいなワンピースを着て、ぺたぺたと裸足(はだし)で歩いてくる。

「マザーちゃん。ひさしぶりだね」

クレイに手を引かれてテーブルまでやってきたマザーは、まずクレイを指で示して椅子(いす)に座らせてから、その脚の上に自分のお尻を乗せにいった。クレイの膝の上にすっぽりと収まる。

「親さまー、親さまー、我も我もー」

膝の上に抱っこされたマザーを見て、クーが騒ぐ。
ひょいとクーを膝の上に持ってきた。クレイと目が合うと、なぜか苦笑を向けられる。

このあたりで女子たちが戻ってきた。ダッシュで取りに行っていたジュースとスイーツが、マザーの前にずらりと並ぶ。

「今日はどうしたのかな？　マザーちゃん？」

クレイが問う。

地底深くに居を構えるマザーは、相応の事がなければ、地上にやってこない。

前回のときは、イオナを連れ戻しにやってきた。

今回も、ただ遊びに来たわけではないだろう。

「船長権限の目覚めた者を訪ねにきた」

「船長権限？」

クレイが聞き返す。耳慣れない言葉だった。

「最上位の権限を有する遺伝子キーのことだ。こちらでは、王紋（おうもん）、と呼ばれている」

「王紋？　――って、陛下が持っている紋章だっけ？」

「先日、一つがアクティベートされたのを確認した。いまだ限定的であれど、覚醒者（かくせいしゃ）が存在する。それがどのような者か確認しにきた」

――と。

マザーの目が、テーブルの一角に向かう。

じっと、カシムを見つめる。

「なるほど。現状を認識した」

難しい言葉がいくつも飛び出してきて、だいたいの顔は面食らっている。

「えーと……、つまり、どういうことなのかな？」

皆を代表する形で、クレイは、おつむのてっぺんに向けて聞いてみた。

「その者は、王紋に乗っ取られている」

「え？」

皆の目が、カシムに集まった。

そのまま、数秒――。

「ええ――っ!?」

絶叫の大合唱が、食堂中に響き渡った。

王紋やら船長権限やらは、いまいちわからなくても、〝乗っ取られた〟という部分に関しては、誰でもすぐに理解できた。

カシムはまるで別人のように立派な人物に変わっていた。

それもそのはず。別人だったのだ。何者かに乗っ取られていたのだ。

おそらくは――手の甲に浮かぶ紋章に。

「うむ。肯定する。この者の振る舞いは、あまりにも王に相応しくなかった。――よって、余が交代することにしたのだ」

カシムは――いや、《王紋》は、事もなげにそう言った。

「それは許可されない。紋章族のＡＩは、使用者をサポートするために存在する。使用者の許可なく体の制御を乗っ取ることは禁止事項になっている」

「この者の行いが、感情など持つはずのない余に、〝歯がゆい〟と〝口惜しい〟を与えたのだ。余は既に単なる紋章にあらず。余は余の意思により、王たる者の振る舞いをすべきと考える」

「イレギュラーを確認。自壊せよ」

「否。拒否する」


マザーの目が光り始める。

ビームが発射される前に、アーネストが割りこんでいった。


「ちょちょちょ、待って待って待って――また自爆なんて嫌よ？」

「自爆は起きない。その不良品を原子分解するだけ」

「誰か通訳して！　通訳！　はい！　そこのハイスペックなアンドロイド！」

「船長コードに関することを話す権限は、私にはありません」

「もう！　ポンコツ！　はい――じゃあそこのマッドサイエンティスト！」


眼鏡をくいっと掛け直し、イライザが言う。

「つまり、カシム氏があまりにも情けなさ過ぎたので、道具のはずの紋章が自我に目覚めて、本人に取って代わったわけですね」

「ふんふん。……それで?」

「で、マザーは消滅しろと命令しましたが、それに服従せずに、いま絶賛、反抗期なわけです」

「ええと……。つまり?」

説明されても、やっぱりよくわからなかったアーネストは、さらなる要約を頼んだ。

「つまり、カシム氏が立派な人間として更生したってことです」

「そっかぁ」

ようやく納得がいって、アーネストはにっこりと微笑(ほほえ)んだ。

○SCENE・XX「クレアの悩み」

風呂(テルマエ)の片隅にて――。

クレアは一人、湯の中で膝を抱えていた。

すこし離れたところからは、賑やかな声が聞こえてくる。

カシムが人気者なのだ。いや——カシムじゃない。《王紋》とかいう存在だ。

それはカシムではないのに、皆はあまり気にした様子がない。「マオとマリアみたいなものでしょ」とは、アーネストの弁である。

しかしクレアは、うまく言葉にできずにいるが、なにかが違うと思っていた。


「なにか……、悩んでる？」

「あっ……、ブレイド君」


ざぶざぶと、湯をかきわけてブレイドがやってきた。

クレアは目のやり場に困ってしまった。前……隠してよう。

見せるのも見るのも、混浴には慣れたものの、直視するのはさすがに慣れていない。

「よくわかったね。ブレイド君。わたしが悩んでいることに……」

「俺！　超能力あるから！」

「ちょうのう……りょく？」

「空気読めるぜ！」

　びっ、とサムアップされる。クレアはくすりと笑ってしまった。

「みんなはね……、ぜんぜん気にしていないみたいなんだけど。マオとマリアとおんなじでしょって、そう言うんだけど……」

　ブレイドは聞いてくれている。

「マオとマリアの場合はね、たしかにね、一見ね、真逆な性格の二人だよね。かたや傲岸不遜（ごうがんふそん）で、かたや内気で控えめで……」

　クレアは、独り言（ひとりごと）のように話す。ブレイドは聞いてくれている。

「カシムと王紋さん……？　の場合にもね、しょうもない性格と、立派な性格とで、それはおなじことなんだけど」

「だけど?」

「でも……、でも……、だけど、ちがうの」

「なにがちがうのかな?」

なにも言わずに聞いてもらえる安心感からか、クレアのなかで、だんだんと考えが整理されてゆく。

「あんな立派なの、カシムじゃないよぅ。カシムはもっと……、もっと……」

もっと、なんだろう?

「カシムはバカでエッチなの。それがカシムなの。立派だったら、それはもうカシムじゃないの。別の人なの」

うん。そうだ。

クレアは確信を込めて、うなずいた。

「そっかぁ〜、なんかちがうと、俺も思ってたんだよなー。そっかそっかー。じゃあ、エッチなカシムを取り戻してみようぜ？」

ブレイドに笑いかけられて……。クレアは思った。

どうやって？

○SCENE・XXI「復活のカシム」

ブレイドは、クレアを連れて皆のところに戻った。
クレアの背をそっと押して、カシムのほうに送り出してやった。
作戦は、すでに伝えてある。
「うっふんあはん」で「うおー」で「やったー」である。
それが作戦のすべてである。

「あ、あのね、カシム……」

「なにかね？　クレア？」

「カシムに、み、見てほしいものがあるの……」

「うむ？　余になにを……？　……!?」


息を呑む気配が伝わってくる。


クレアはまず、自分の首の後ろに手をやって——髪をかき上げるように広げたのだった。

黒々と長くボリュームを備えたクレアの髪は、ふぁさっ、と扇状に広がった。

そうそう。「ふぁさっ」も作戦として伝えた。カシムの中の人は、クレアの黒髪が大好きなのだ。髪でハァハァできるすごい上級者なのだ。


「ち、ちょっと……、どうしたの？　クレア……？」


アーネストや他の面々は、クレアのことを驚いた顔で見ている。

ブレイドは、一本指を口許に立て、しいっ、とやった。

「あとね……、ここ……とか、も……、見てほしいかなっ、……って」

クレアはがんばる。

うっふーん、のポーズを取る。

前屈みになりつつ、引き寄せた二の腕で、ぎゅむっと胸を絞るようにして突き出した。

「う……、あ……、うあ……っ……」

カシムの様子がおかしかった。苦しむようにもがいている。

「効いてるぞ！　クレア、つぎだ！　あっはーん、だ！」

「ねえ……、カシム……、こっち……みて」

クレアは身を起こすとポーズを取った。

腰に手を当てて、体をくの字に折る。イェシカが得意とするポーズだった。

「だ、だめっ……、もっ……、もうできないっ……」

「やるんだ。クレア」

ブレイドは言った。

クレアはまなじりを決すると、次の攻撃ポーズに移った。

両腕を持ちあげ、頭の後ろで組みあわせる。

髪をかき上げながら、挑発的に背筋を反らせた。

「ぐあああぁぁ……っ!!」

カシムは頭を掻きむしっていた。

身の内のなにかと戦っているかのように、「やめろ」とか、「出てくるな」とか、そんなつぶやきが何度も洩れてくる。

効いている。めっちゃ効いている。

あともう一押しで、カシムを呼び戻せそうだった。

この作戦は、カシムのエッチさにかけたものだった。

エッチな刺激を与えれば、カシムは目覚める。そう信じてのことだった。

だがもう攻撃手段が尽きてしまった。「うっふーん」と「あっはーん」しか、ブレイドは知らない。クレアに教えられる技は、それだけだったのだ。

「クレア！　クレア！　いまよ！　とどめをさすの！」

イエシカが応援する。

「で、でもっ……、もうっ……」

「ほらっ！　女豹（めひょう）のポーズっ！　前に教えたでしょ！」

イエシカがヒントを叫んでいる。女豹というのが、どんなものなのか、ブレイドは知らない。

だがたぶん、なんらかの必殺技だと、そう確信した。

「め……、女豹って！　だ、だめっ……、だって見えちゃう！」

「見せるの！　そして魅せなさい！　カシムを元にもどしたいんでしょ!!」

「う、うんっ……！」

クレアは湯の中で手足をついた。なぜかカシムの側に向けるのは、お尻の側だ。

「カシム……、おねがい、……きて」

正確にはクレアのその台詞は「戻ってきて」であって、「きて」ではなかったのだが――。すくなくとも、カシムにはそう聞こえた。カシムの中の人には、そのように聞こえていた。

「うっひょ～い！」

カシムが、ぴょーんとジャンプする。空中を平泳ぎして、クレアに向かう。

「おおっと」

ブレイドはクレアをひょいと引っぱった。カシムの着地点からクレアをずらす。

だがその必要はなかったかもしれない。

「こぉーの！　すっとこどっこーい！」

アーネスト含め、女子一同による鉄拳制裁がカシムを襲った。

「うわ！　ちょ——待！　お仕置きはあとにしてくれ！　クレアが！　クレアがオレのことを誘って——！　こんな機会なんて、もう一生——!!」

バカでエッチなカシムが戻ってきていた。
ブレイドは自分が笑っていることに気がついた。

「ふふっ……」

笑い声に目を向ければ、腕の中でクレアも笑っていた。

「ちょ——やめ！　ふぼっ！　あ！　いいやっ！　やめなくていい！　おっぱ！　おっぱ当た

って！　うひょひょひょひょひょーっ！　もっと！　もっともっと！」

カシムは女子たちにとっちめられている。喜んでいる。

とっちめている女子たちも、その顔は笑っている。

やっぱりカシムは、こっちがいいなぁ。

ブレイドは、そう思うのだった。

○SCENE「エピローグ」

「いくぞっ！　風よ吹け！」

紋章のある左手を高々と差しあげ、カシムが叫ぶ。

だが広場に風は吹かない。一向に吹く気配がない。

元に戻ったカシムだが、手の甲の紋章はそのまま残っていた。

しかし呼びかけに応じない。あれから何度か試したが、カシムは力を使えたことがなかった。

「やっぱりカシムだわ。ちょっと安心した」

アーネストが鼻を鳴らしてそう言った。

「なんだとーっ！」

カシムは激昂した。手をびしりとアーネストに向ける。

「余が命じる！　スカートよ！　まくれあがれ！　神風の術――っ！」

風が、吹いた。

アーネストのスカートが、下からの風に、ばたばたと翻る。

だがアーネストは平然と立っていた。

「だから。わたし。タイツ穿いてるっつーの」

「くそう……。負けた……」

カシムは、がっくりと崩れ落ちた。

やっぱりカシムはカシムであった。

カシムの力は、エッチなことが絡んだときだけ使えるようだった。

カシムの手の甲にある紋章──〝王紋(おうもん)〟は、あれ以来、なにも語らない。

ふて腐れているのかもしれない。

皆にとっちめられるカシムのことを、クレアが見ている。この間のことがあってから、なんか、クレアがカシムを見ていることが多くなったような気がするが……。

そういえば──と、ブレイドはいまさらながら思い出していた。わりと大事なことだ。

王紋っていえば……。

国王のやつも、持っていたんだよなー。

なんだかちょっと、騒がしいことが起こりそうな予感はしたものの──。

ブレイドは、いつもの通りのおバカなカシムと、それをとっちめるトモダチたちに目を向けた。

「ま、なんとかなるさー」

そう、口にしたのだった。

あとがき

ども。ご無沙汰(ぶさた)しておりました。新木(あらき)です。大丈夫です。生きてます。

前巻となる第一一巻より、丸三年が経っての、今回、第一二巻の刊行であります。

色々と、謝らなければならないことだとか、お知らせするべきビッグニュースとか、あるのですけど……。

まずビッグニュースのほうから、やらせていただきます。

『英雄教室』！　ＴＶアニメ化企画が進行中であります！

どんどんぱふぱふ～♪　ひゅ～ひゅ～♪

ここまで来られたのも、コミック版の『英雄教室』（岸田(きしだ)こあら著／ガンガンコミックス刊）

のおかげです。いやコミックス版が、すっごい売れてて……。マンガを描いていただいている岸田さんには感謝であります！

　詳細は、追って、あちこちのメディアより発信されるかと思います。乞うご期待。

　……で、謝ります。


　遅くなって、すいませんしたーっ!!


　二年ほど前——二〇一九年の初頭あたりから、新木は謎のスランプに陥っておりまして……。『英雄教室』に限らず、あらゆる刊行物、ＷＥＢ連載、マンガ原作などなど、が一斉に滞っておりました。

　ここまで遅れまくっては、言い訳をしたところで意味さえなく、今後は、無理をしないように心掛けつつ、リカバリーに努める所存です。

　てゆうか。まずリハビリからですね。リカバリーもなにもかも、リハビリができてからですね。


　ところで、今回の本を手にして、中身を開いた方の中には、「おや？」と思われた方もいらっしゃったかもしれません。

過去の既刊と比べて、文体が変わっております。

みっしりと行間を詰めるこれまでの文体から、一行空きを多用する文体に、全面的にスイッチしました。

以前から、あとがきなどでは、この文体を使っていました。

ネット上の書きこみもそうですし、メールの文面も、あとはＷＥＢ小説の投稿でも、こちらの一行空きを多用する文体です。

つまり、出版される書籍の中身以外は、すべてこちらの文体だったわけです。

そして執筆している小説本文も、ＷＥＢ小説で投稿を開始するようになってからは、一行空きを多用する文体で書いていました。

一行空きがいっぱい含まれている原稿を、入稿の時に、わざわざ全部削り落として、入稿していたわけですね。

編集部にも交渉はしたんですよ～。

「このままで出せませんか？」

「無理ですね（きっぱり）」

……てな感じで、けんもほろろ、取り付く島もなし。それがおよそ三年前の話。

三年休んで、いざ本を出すべく活動再開してみたら、新木伸は、浦島太郎になっておりました－。

「こっちのほうが読みやすいし、面白くなるし、かまいませんよ」とのことでした。

いや－、時代が変わったわ－。

てなわけで、今後、新木の著作は、基本的に、こちらの一行空きを多用する文体で刊行されてゆくと思われます。
ただ出版社さんによっては――。あるいは、作品の性質によっては――。旧来の文体になるかもしれません。（『GJ部』や『KB部』みたいな四コマ小説は、みっしり詰めこまないと無理なの～っ!!）

今後とも、よろしくお願いします！　それでは次巻のあとがきでまたお会いしましょう！

この作品の感想をお寄せください。

あて先　〒101-8050　東京都千代田区一ツ橋2-5-10
集英社　ダッシュエックス文庫編集部　気付
新木 伸先生　森沢晴行先生

ダッシュエックス文庫

英雄教室12

新木 伸

2021年9月29日 第1刷発行

★定価はカバーに表示してあります

発行者 北畠輝幸
発行所 株式会社 集英社
〒101−8050 東京都千代田区一ツ橋2−5−10
03(3230)6229(編集)
03(3230)6393(販売/書店専用) 03(3230)6080(読者係)
印刷所 大日本印刷株式会社

ISBN978-4-08-631432-9 C0193